KB092884

먼 길

먼 길

지현경 제3산문시집

대양미디어

서 문

길을 안내해주고 아는 것을 가르쳐주는 일이 가장
행복한 것이다.
모아둔 것이 없으면 할 수 없는 일이다.
벌써 내가 중반을 넘어 후반에서 보고 듣고 체험한
것을 쓸 것 못쓸 것 골라 모아 여기에 담았다.
나무도 가을이 오면 찬바람이 불어오기 전에 잎을
떨구고 채비를 하듯 인생도 그러는 모양이다.
나는 남들이 안 해본 일도 체험해보고 저승사자도
만나봤다.
참으로 파란만장한 삶이 아닌가!
뒤적거리니 쓸만한 것도 많이 보였다.
그 중에 작은 것들도 기록으로 남기는 것은 현재
우리가 아닌 먼 훗날 후손들께 작은 길잡이가
되리란 생각에서다.
세상은 혼자 못 사는 것, 우리가 남긴 흔적들을 보고
다음 세대가 따라오는 것이니 많은 참고가 되리라
생각한다.

내가 가르쳐주고 손도 잡아주고 이끌어 줄 때
발전해가는 것이다.
진정한 부자는 풍부한 언어를 담아 많은 사람과
나누고 대화하는 것이 행복한 삶이 아닌가 생각한다.
바위틈 속의 작은 모래알도 큰 꿈이 있다.
우리도 희망을 품어야 한다라는 생각으로…
이 길만이 죽지 않고 진정으로 사는 길이라는
생각만으로 집필의 길을 택했다.

2020년 봄
옥상 정원에서

차례

제2부 함박꽃 사랑 이야기

제3부 길 가다 만난 친구

제5부 뜨거운 눈물

제1부 시간 따라 간다

철이 덜 든 친구

만나면 자랑거리가 마누라뿐이네.
듣는 친구 마음 상해 말도 못 하는데
어린 마누라와 함께 사니 자랑도 큰소리다.
70세 넘는 친구들이라 원앙도 못되고
그저 듣고만 있으려니 더 기가 살았더라.
장○성은 할 말이 없으니 손자 자랑뿐이고
기죽은 현경이는 말도 못 걸고 나가더라.
철딱서니 없는 친구 마누라 자랑 손자 자랑에
선후배끼리 마신 술잔 속에 눈물 콧물 빼놓고
타는 마음도 몰라주니
용○이는 그만 철이 덜 들었네.

역사관 그 사람

존경하는 남재희 장관님 사랑합니다.
지난날 옛 추억 발걸음 들려주시어
시산 가는 줄도 모르고 귀를 기울였습니다.
한 구절 한 역사를 귀에다 담으니
발끝까지 채우고도 넘쳐납니다.
존경하는 남재희 장관님!
그 모습 언제까지 볼 수가 있을까요?
작년에는 지팡이에 의지하시고
아장아장 걸으셨습니다.
올여름 지나가니 무거워졌습니다.
해마다 호경빌딩 하늘정원 국화 향 잔치에
참여하시면서 더듬더듬 계단 오르시며 내 어깨 잡고
미소를 지으셨습니다.
작년에는 난간대 잡고 혼자 오르시더니
올가을 소국 잔치에는 내 팔에 의지하셨습니다.
사랑하는 남재희 장관님!
기우는 그림자를 세울 수가 없네요.
최복수 악단 색소폰 연주 들으시면서

기뻐하시던 그 모습 오래 간직하겠습니다.
날마다 즐거운 날 되시고 건강하십시오.
작년에는 온 폭 걸음으로 걸어오셨는데
올해에는 반발 걸음으로 걸어오셨습니다.
오늘 만찬 끝나고 떠나시는 뒷모습 보니
지난날들 발걸음에 눈물이 사무칩니다.
남재희 장관님 사랑합니다.
건강하세요.

전라도 천년의 당당한 역사

고려는 1010년 거란(몽골족)의 군병 40만 명의
2차 침입을 받았다.
현송는 개경(개성)까지 빼앗길 저지에 놓이자
남쪽으로 피난을 떠날 수밖에 없었다.
남쪽 전주와 나주의 백성들은 국난을 당한 현종을
따뜻하게 위로해 보듬었고 역전의 발판을 마련한
현종은 한 달 반 만에 다시 개성으로 입성했다.
든든한 버팀목이 되었던 진주와 나주의 남쪽
백성들을 잊지 않고 현종은 1018년 북쪽 방어를
강화할 목적으로 행정구역을 개편하면서 전주와
나주의 앞 두 글자를 따 전라도라 칭하며 감사의
뜻을 표했다.
이후 전라도는 위기에 처할 때마다 분연히 떨쳐
일어났고 백성들의 고통이 깊어갈 때면
세상변혁에 앞장섰다.
동학 농민전쟁, 광주학생독립운동, 5.18 민주항쟁
전봉준, 이한열, 정여립, 윤두서 등 시대의 열사들을
꾸준히 배출한 이 나라의 성지인 전라도는

올해로 1000년을 맞았다.
경상도 704년 충정도 662년
강원도 623년 평안도 605년
경기도 604년 황해도 601년
함경도 509년 제주도 72년

1000년의 역사를 가진 호남인들이여!
긍지를 가지고 이 나라의 맏아들로
이 나라의 울타리로, 이 나라의 기둥으로,
모범적인 국민으로 일치단결 평화통일
이룩하여 후손들에게 대한민국을 물려줍시다.

＊ 한명희 전 서울시 의원님께서 보내주신 글 중에서

반가운 친구

박두현 선생 만나는 사람마다
반가우면 내가 잘 살아온 것이요
찾아온 사람이 낳은 섯은 내가 잘 베푸는 결과입니다.
사람이 사람을 많이 만나는 것은
세상에 태어나서 제일 행복한 삶입니다.
자신도 그렇게 살아오고 있었다면
잘 살아온 것입니다.
못했다면 돌아봐야 합니다.
생과 사는 만물과 같아서 어쩔 수가 없으나
사람은 지혜의 동물이라 말하고 이해하고
문치교화가 있습니다.
친구!
돌아다보면 우리가 잘난 체하고 살지만
허점투성입니다.
오늘부터 차 한 잔 받아마시면 두 잔 권할 때
마음이 편할 것입니다.
친구도 모일 것입니다.
외롭지 않을 것입니다.

사는 재미도 맛볼 것입니다.

이것이 우리가 살아가는 즐거움입니다.

앞을 보고 가면 교인들을 만납니다.

누구 한 사람 반갑게 차 한 잔 나누자고 안 합니다.

뒤를 돌아봅니다.

뒤에 따라온 사람은 교인이 아닙니다.

얼굴이 마주치면 반갑게 인사하며 손잡고

찻집으로 끌고 갑니다.

누가 더 사랑을 나누고 잘사는 인생입니까?

집에 앉아 있어도 먹을 것이 있으면 생각난 사람이

있어 즐겁고 불러서 함께 나눌 때는 행복을 함께하니

두 배로 즐겁습니다.

이것이 진정한 우리들의 삶이라 하겠습니다.

오늘도 나눔으로 즐겁게 건강한 삶을 살아갑시다.

감사합니다.

강서구 호남향우연합회

강서구를 지붕 삼아 여기에 터를 잡았다.
전라도 끝자락에서 완행열차로 서울에 올라왔다.
주머니 속이 가벼워서 머무른 곳이
한적한 강서구에다 방을 얻었다.
새벽잠 설치며 한강 다리 건너고 건너왔다.
아들딸 낳고 살다 보니 여기가 제2 고향이 되었다.
이들이 모여서 오늘 호남향우연합회 회원들이다.
주춧돌 깊이 땅에 묻고 강서의 역사를
하나하나 그려왔다.
62만 구민들 속에 호남사람들이 약 23만이란다.
이들이 오늘 강서구 호남향우연합회를 빛낸다.

서울 떠나는 신O선

만나는 사람마다 정들면 헤어지고
흩어진 사람마다 만나기 어려워라.
한번 가면 오기 어려워 오늘도 그리워하네.
어느새 가버렸다. 한세월이 가버렸다.
이제나저제나 기다리다가 내 나이도 들고 가버렸다.
고향의 옛친구도 객지의 그 친구도
헤어지면 못 만나니 인생살이가 허망하구나.
있을 때 잘해야지 떠난 뒤에 후회 말고
노래 따라 세월 따라 변치 않는 우리 우정
천리타향 가더라도 마음만은 변치 말게.
한 세월 가고 저 달도 지니 즐겁던 시간이 꿈이었다.
어느새 겨울이 왔는지 추억만 남기고 가버린 사람
또래들 모인 하늘정원에서 술잔 주고받고
나눈 정을 이름이라도 기억하고 생각나면
찾아오시게. 국화 향기 속에 나누던 이야기들이
색소폰 소리 따라 웃음꽃이 저물어간다.

짐 정리는 잘하였는가?

허전한 마음 금할 길 없어 또다시 글을 보냅니다.
밤 10시가 지나가도 소식이 없는 무정한 친구
한잔하고 자는지 선화 오기만 기다리네.
내일이면 우리 4명이 통일촌 가는데
호경빌딩에서 11시 출발이네
함께 가면 얼마나 좋을까?
용선이가 달려온다면 한탄강 메기로 술안주 해놓고
용선이와 함께 가서 회포나 풀어보세.

편한 날은?

괴롭히는 가려움은 얼굴을 만지게 한다.
수도 없이 긁어서 상처 나고 부어오른다.
약 먹고 연고 바르고 날마다 반복이다.
어느 의사는 대상포진, 어느 의사는 신경성 알레르기
누구 말이 옳은지 도무지 알 수 없다.
한 달이 지났는데 지금도 고생이다.
사는 것이 고통이라 만사가 귀찮다.
이것이 나에게 주는 오늘의 삶인가?
사는 동안 편한 날은 언제쯤에나 있을까?
그날이 언제인지 손꼽아 기다린다.
오늘도 갈 곳이 있어 즐겁고
내일도 오라는 곳 있어 바쁘다.
올해도 마지막 달에 분주하게 뛰면
괴롭히는 알레르기가 싹 도망갈 것이다.

떠나는 길
― 강서구 축구연합회 자문위원회

강서 축구연합회 자문위원회를 구성하고 함께 했던
동지들 곁을 떠나려 하니 마음이 무섭다.
전국이 재건 운동에 열을 가할 때다.
따라나선 새마을 운동도 방방곡곡을 누볐다.
덩달아 조기 축구도 붐을 타고 전국에서 생겨났다.
강서구에서도 뜻을 모아 축구연합회를 창단했다.
몇몇이 모여서 조직을 만들고 출발을 했다.
40여 년 동안 아픔과 우여곡절도 수없이 많았다.
힘들었던 연합회가 이제는 탈바꿈하여
자리를 잡았다.
오랜 세월 동안 고난을 이기고 자리 잡았다.
뒤에서 자문위원들이 피와 땀에 배어 있었다.
어느새 한 명 두 명 자문위원회를 조용히 떠났다.
어느 분은 천국에 가시고, 어느 분은 직업 따라 가셨다.
창단위원들이 하나둘씩 멀어져가니 마음이 저린다.
오늘은 2명 남은 중에 나도 내려놓았다.
후배들이 잘하고 있어 마음은 든든하다.

40여 년 동안 축구로 만난 친구들이 형제들이다.
땀 흘리고 다투고 부러지고 깨지고
우리는 이렇게 뛰었다.
돌아보니 축구 인생이 뜻 있고 보람도 있었다.
전국을 누비고 외국에서도 뛰고
월드컵도 홍보했었다.
참으로 자랑스러운 축구다.
축구 인생 42여 년이 꿈같은 시간이었다.
오랜 세월 황토 발로 세탁기를 더럽혔다.
가는 세월이 흘러가니 이 세월도 바쁘게 오라 한다.
기차 꼬리 따라가다가 임시역에서 내려오니
오고 갈 곳이 없었다.
다시 돌아와 뛰어온 지난날들을 회상하니
허무한 마음이 발목을 잡는다.

＊ 2010년에 저승길 갔다 왔다.

곧은 길

큰 바위가 막아서면 비켜 가는 게 예의라 한다.
굴곡진 험한 길은 서둘지 않은 것이라 했다.
사살 낳은 상가를 설을 때는 나의 허물을 놀아보고
모래밭을 걸을 때는 힘들었던 삶을 반성해 본다.
산다는 것이 무엇인지, 왜 사는 것인지 떠 올린다.
한 번쯤은 다시 재충전하여 낡은 가지 잘라버리고
가볍게, 쉽게, 밝게, 명랑하게, 웃음 찾아 바로 가세!

시간이 따로 없다

글을 쓴다는 시간이 따로 있나요?
아무 때나 생각나면 쓰는 게 글이지요.
선비님들은 때를 가려 좋은 글만 쓰지만
초년생들은 그저 그만 살아온 길을 써 보는 거지요.
잘 쓰고 못 쓰는 글은 보는 사람마다 달라서
많이 쓰고 다듬으면 좋은 글이 되지요.
인생체험 글로 쓰면 깊은 맛이 나지만
글 따라 꿰맞춘 글은 빛깔만 좋지 진국은 아니지요.
못 쓰는 글일지라도 취향 따라서들 읽어봅시다.
자신과 살아온 길이 닮았으면 눈물도 흘립니다.
이런 게 바로 글이라고 하겠지요.
이게 바로 살아 숨 쉬는 글이 아니겠습니까?

천국으로 떠난 퐁개 동생에게

먼 곳으로 떠난 김퐁개 동생(외가)
객지 서울에 올라와서 온갖 고생 다 하고 살아오다가
빙마와 싸우면서 멍질 때면 형한네 빠시시 않고
찾아오던 너였는데 이제는 만날 수가 없구나.
흘러간 세월 고생만 하다가 모두 다 버리고
떠나가버렸구나.
외가로는 너와 동생 천석이 둘인데 먼저 간 춘석이도
보내고 너마저 가버리니 마음 아프다.
어린 시절 너와 함께 고향집 에서 놀았던 일들이
주마등처럼 스쳐 가는구나.
뒷마당에 감을 따 먹고 겨울이면 김발에 나가
김발장 나르던 일들이 지금도 잊을 수가 없다.
퐁개야 우리들의 추억들만 남기고 떠났구나.
너를 만나 이야기하던 추석 때도 이번에는
내 몸이 아파 못 만나고 떠났으니 더욱 미안하구나.
항상 형을 잊지 않고 꾸준히 찾아와 주어서
더 잊을 수가 없다.
그나마 너는 아들딸을 남겨 두었으니 다행이구나.

이제는 마음 편안히 떠나거라.
너를 생각할 때마다 눈물이 난다.
너를 보내고 나니 옛날 우리가 놀던 때가 생각나
잠을 이룰 수가 없구나.
퐁개야 하늘나라에 가서 현생에서 못다 이룬 일들
이루고 편안한 세상에서 영원히 잠들어라.

시간 따라 간다

째깍째깍 째깍째깍 가는구나! 시간이 가는구나!
세월도 가고 물도 흐르고 오늘 이 시간도 가는구나!
젊음이 넘칠 때는 시간 가는 줄 몰랐는데
늙은이 가는 길엔 시곗바늘도 재촉하는구나!
가는구나! 가는구나! 시간이 또 가는구나!
오늘 새벽 2시가 2018년 12월 1일 02시다.
째깍째깍 째깍째깍 돌아가는 시계야 너라도
기다려라, 늙은이 가는 길에 잠시라도 쉬어가자.
째깍째깍 째깍째깍 쉬지 않는 시계야
오늘 가면 못 오나니 쉬엄쉬엄 가자꾸나.
우리네 늙은이들 갈 곳이 없어서
여기저기 헤매다가 요양원으로 잡혀간다.
시계야 세월아 우리 함께 살아보자.
벌어둔 돈 한 푼 주마 시간 좀 멈춰다오.
사람들은 돈만 보면 못 할 짓이 없단다.
시계야 시간아 잠깐 쉬어 가자꾸나.
얻어먹고 그냥 가면 극락 천국도 못 간단다.

친부와 양부모

어쩌다가 태어나서 얻어먹지도 못하고
이역만리 타국으로 입양을 갔다.
양부모 잘 만나서 행복한 삶을 누린다.
어찌하여 한 인간은 양부모도 악인인가?
세상에 태어남이 억겁의 부름인데
이다지도 슬픔이라니 인생살이가 괴롭다.
낳은 정, 기른 정을 한 가지라도 받았으면
세상에 태어남이 꿈같은 행복일 것인데
이도 저도 내버린 몸이라 의지할 곳이 없구나.
낳은 정이 피라 하고 기른 정이 사랑이라
두 갈래 인생길이 행복인가 슬픔인가?
사람들은 말을 한다. 피는 물보다 더 진하다고
길러주신 사랑이 피보다 더 진한 행복이었네.

72년 만의 반성문

세상은 나를 보는구나!
거짓 없이 살라고 손짓하는구나!
살다 보면 배가 고파 생감도 따먹고,
무밭에 들어가서 한 뿌리 뽑아먹었다.
남의 것 훔쳐먹었으니 죄를 지었다네!
제아무리 바르게 살라고 해도 실수를 하고 말았지!
섶나무 한 짐 지고 산비탈 내려오면 배가 고파 다리가
덜덜 떨렸다.
쉬는 자리에 지게 받쳐 세우고 두리번거릴 때면
보이는 것은 먹을 것만 뚜렷하게 보였지.
평생 잊을 수 없는 시절이었다.
일생을 반성하며 조심히 살아온 인생을 뒤돌아보면서
남은 삶 깨끗하게 정직하게 살려고 하네!

제2부 함박꽃 사랑 이야기

존경하는 김○흠 선생님

우리 깊은 우정 살아 숨 쉬니 고맙습니다.
접어든 우리들의 삶에 다시 생기 주시고
울타리 되어 주셔서 감사드립니다.
서로가 마음으로, 눈빛으로
나누는 정 감추고 살면서 만날 때마다 감싸 안은
사랑의 마음 오래오래 간직합시다.
음으로 양으로 우정의 향기 따뜻한 기쁨
꼭 붙잡고 갑시다.
항상 건강 유지하시고 서로 기대면서
조용히 살아갑시다.
소리 없이 도와주신 김○흠 선생님께
감사드립니다.

용선 친구 잘 놀다 가네

집들이에 왔다가 인사하고 나왔는데
뭔가 허전하다 했더니
한 친구가 오버코트를 빠뜨렸다.
시간은 가는데 나이도 따라가
깜빡깜빡 잊는 것이 건망증 아닌가?
다시 돌아 찾아가서 오버코트 들고 집으로 향했다.
다섯 명이 함께 가서 집들이하고 오는데
모두가 그래도 고만고만 73-74-75년식이라
아직은 쓸만하다.
그런데도 깜박깜박… 종점이 다 와 가네.
신용선 사장 자네, 건강 잘 지키시게!
내 마음이 걸리네.
도착지가 다 와 가니 조심조심하시게! 부탁하네!
걸을 때도 조심하고 마실 때도 조심하고
병점동인지 진안동인지 그것참
아물아물하게 마셨네.
제수씨 손맛도 동서 간 우애도 차린 상에서
정성을 보았네.

신용선은 복인이야 복도 지니고 덕도 지니고
술만 조금 줄인다면 종착역이 멀어지니
새 마음 새 출발로 건강 잘 지키시게!
대접도 잘 받고 술도 많이 마시고 기분도 참 좋았네.

강서문학대상 시인, 수필가 '류자'

대상 받으심을 축하드립니다.
시와 수필, 소설 등은 아무나 쓰고 받는 것이 아니라
선생의 마음이 곱고 아름다운 분이라
진정한 감동이 눈과 가슴을 적셔주는
따뜻한 글이 나올 수 있다고 봅니다.
상을 받는 분들은 아름다운 삶을 살아오신
분들입니다.
효부인 류자 선생님은 복을 많이 저축해 가고 있어,
모두가 알아보시고 기쁨과 축복을 함께 하고
있습니다.
앞으로도 더 좋은 사랑을 듬뿍 담아
세상에 나눠 주시기 바랍니다.
한 작품이 한 인간의 길잡이가 된다면
선생은 여한이 없는 큰 일을 해 주신 분입니다.
앞으로 더욱더 발전하시길 기원합니다.
류자 선생님 축하합니다.

처진 사람들

올해도 겨울은 일수를 찍으라고 왔다.
살아가기가 참으로 팍팍하다.
그 속에 묻혀 사는 사람들 아픔이 추위만큼이나
바싹바싹 조여온다.
갈수록 경제가 망가져서 목을 조른다.
힘겨워서 못 살겠다.
냉골 방에서 낡은 이불 하나로 밤을 지새우며 살아가는
사람들, 덜 된 밥에 김치마저도 다 떨어져 버렸다.
이것이 처진 사람들의 가슴이다.
빈부격차는 날로 늘어만 가고 부자들은 더욱더
배가 불러온다. 빈부 격차가 너무 심하다.
대통령은 이런 빈부 차를 좁혀줘야 하는데,
갈수록 쌓이는 불만들이 사방에서 표출되고 있다.
겪어 본 사람들만이 아는 뜨거운 눈물의 가슴이다.
다시는 이런 때가 없기를 성심을 다해주기 바란다.

함박꽃 사랑 이야기

천지 안에 하나밖에 없는 연분을 만나기 위해
김해동 친구가 동분서주하던 어느 날이었다.
관산동 초등학교에 이동 가설극장이 들어오던
날이었다. 김해동 친구와 함께 우리 집(저자) 우물가에
예쁘게 피어있는 함박꽃 한 송이를 꺾어줬다.
예쁜 꽃 한 송이를 들고 200m 거리에 있는 학교
가설극장으로 갔다. 때마침 용산면 상발리에서
야간에 십리 길을 걸어 영화 구경 나온 손○자
아가씨를 만났다. 먼저 점 찍어 놓고 기다리다가
때마침 영화 구경을 나온 손○자 아가씨를 만난
것이었다. 가슴이 두근거리고 손은 떨렸지만,
함박꽃 한 송이를 그녀에게 주었다.
손○자도 긴장된 손으로 반갑게 받았다.
이러한 인연이 오늘에 이른다.
딸들만 줄줄이 낳고선 끝으로 막내아들을 두었다.
막내 김○태 군이 경기도 수원 월드컵 경기장 안에
VVI 컨벤션 W홀에서 마침내 결혼식을 올렸다.
꿈같은 일이다. 우리들 어린 시절의 추억이 오늘 다시

꽃이 피어난다. 인생극장이다.

2018년 12월 16일 오후 2시 김○태 군이 결혼하는 날이다. 장흥군 관산면 하발2구 동촌에서 경기도 수원까지, 서울특별시 강서구 우장산동에서 수원까지 축하해주기 위해 출발하는 고향 친구 현경이가 친구 아들 결혼식에 갔다.

천 리 길 고향 관산읍 동촌에서도 버스로 20여 분이 타고 올라오셔서 결혼식을 빛내주시고, 서울에 사는 동촌 사람 몇 분이 더 참석해 주셔서 더욱더 결혼식 자리가 빛이 났다. 객지에서 우리가 만나니 이렇게 새삼 더 반가울 수가 없었다.

역시 고향이라는 예향이 무엇보다도 반갑고 정이 넘치고 자랑스러웠다.

한편 멀리 가버린 친구들을 만나 볼 수가 없어 그리웠다. 어린 시절 우리들의 기억 속에 영원히 남기려는 추억의 한 토막이다.

강희선 회장님

올 한 해 수고 많이 하셨습니다.
어려운 일을 마다하지 않고 발산동 호남향우회를
이끌어주신 데 대하여 감사와 고마움을 전합니다
발산동 호남향우회는 자랑스러운 향우회입니다.
우리가 흔들림 없이 이끌어온 덕에 서울에서
제일가는 향우회로 발전해 왔습니다.
그것은 모두가 일치단결하여 뜻을 모은 덕이요,
힘입니다.
전국에서도 강서구 호남향우연합회처럼 질서 있고
단합된 곳이 없습니다.
그 힘은 우리 발산동 호남향우님들 모두가
한마음이기 때문입니다.
흩어진 마음 없이 하나로 뭉쳐 함께 하는 발산동
호남향우회가 있고 전국에서 제일가는 향우회로
성장하게 된 것도 발산동 호남향우님들의 노력과
바쳐주는 힘이 있었기 때문입니다.
모두가 자부심을 갖고 더욱 더 꾸준하게 발전시켜
나갑시다.

강희선 회장님 노고에 치하드립니다.
앞으로도 꾸준한 애향 정신과 향우님들께 사랑을
베풀어주시기 바랍니다.
새해는 더욱 사업 번창하시고 향우회 발전에
매진해주실 것을 기대합니다.
감사합니다.

2018년 1월
2대 고문 지현경

강서구 호남향우연합회

― 격려사

깊어가는 겨울이 문 앞에서 기다리고 강서호남향우
님들은 송년회를 준비하느라 동마다 분주하다.
25년의 강서구 호남향우연합회 역사는 강물처럼
유유히 흘러갑니다.
우리는 날로 새로운 모습으로 얼굴을 보여주고 있어
마음 든든합니다.
누구 한 사람 나서지 않던 시대에 사막의 낙타처럼
홀로 걸으면서 호남향우회를 이끌어 올 때는 말 못 할
시련과 차별에 힘이 많이 들었습니다.
시련을 이기고 6년을 다져온 결과 동마다 하나둘씩
모집하여 창단하였습니다.
지금은 다져진 반석 위에서 후배들이 잘 이끌어주어
마음이 든든합니다.
날이 갈수록 향우님들은 정계에 많이 진출하고 있어
더욱더 마음 든든합니다.
강서구는 호남분들이 많이 살고 있어 우리가
지역사회를 위해 앞장서서 봉사해야 합니다.

천리타향에 둥지를 틀었으니 우리가 강서구를
다듬고 발전시키는데 모범이 되어야 합니다.
이것이 우리가 해야 할 일이며 잘 사는 길입니다.
정직하고 성실하게 일하고 어려운 이웃들에게
베풀면서 호남향우회의 사랑이 강서구에 뿌리내려
꽃이 활짝 피기를 바랍니다.
지나온 길목마다 등 돌리고 차별하던 그 사람들의 손을
잡고 나아가야 우리가 잘사는 나라가 될 것입니다.
강서구 호남향우연합회는 앞으로 전국의 선봉이
되어 영원히 빛날 것입니다.

2018년 12년 22일
고문 지 현 경

새해의 사랑

쌓인 검불 싹싹 쓸려가는 2018년 마지막을 보내면서
옹기 독에 조금 남은 묵은지도 싹싹 긁어내고 방구석
손 안 닿는 곳에 쌓인 먼지도 2018년에다 묶고
남겨 둔 말과 못 쓸 마음들도 비로 쓸고 걸레로 닦고
대청소를 해버린다.
맑은 정화수 종지기에 담아 선반 위에 올려놓고
대초도 켜놓고 내 가슴 활짝 열어 청아한 마음으로
기도를 올린다.
그 순간 흰 구름 떠올라 정동진으로 날아간다.
동해의 붉음이 솟아오를 때 2019년 돼지 떼들이
힘차게 뛰면서 정동진 등명낙가사를 휘감고 돈다.
대한민국 남북통일 70년 문을 열고 새해의 희망이
낙가사에서부터 시작하여 나라의 국운이 연꽃 위에
떠 오른다.
순박하고 정직한 돼지들의 마음으로 2019년을 정갈
하게 맞이하면 그대 임들의 가는 길에 영광 있으리라.
발길마다 새들이 노래 부르고 물결치는 오곡은
풍년을 기약한다.

우리는 행복하여라. 희망의 꿈이 이뤄지네.
가정에 복 굴러와 아들딸 낳고 길러 자라난
꿈나무들은 건강하게 자라니 우리들의 소원성취
빌어 새해를 맞이한다.
온 백성들 함께하여 복 많이 나누세요!

＊ 2018년과 헤어지는 날 마음을 새로 다짐한다.

옛 친구들

농촌에 정 담아둔 옛 친구들 풀잎을 빼고 캐던
어린 시절이 다시 머리 위에 노닌다.
달빛 따라서 뒷동산에 오르고 물길 따라서 낚시하던
그 시절 함께 했던 내 친구들 어딜 갔나, 지금도 그때
내 친구들 따뜻한 손끝이 내 손에 잡혀있다.
배고프면 밭에 나가 무 뽑아먹고 덜 자란 매운맛에
콧잔등에는 송골송골 눈물이 맺혔었다.
그날의 그 친구들은 모두 다 어딜 갔는지 없구나.
고향에 갈 때마다 하나둘씩 비석에 이름표만 새겨
놓고 떠난 친구들 볼 때마다 사무친 눈물만 고인다.
함께 놀던 그 자리에 나 홀로 서서 그 날을 생각하며
혼자 웃어본다.
차디찬 손끝에 너희들 말소리가 내 가슴을 때리니
품 안에 쌓인 정이 복받쳐 오른다.
너의 엄마도 나의 엄마도 우리들 불러들여 고구마
쪄서 주었지.
그날의 그 친구들 몇몇만 남아 있어 어제 김해동
막내아들 결혼식에서 만날 수 있었지.

곱던 친구들 얼굴은 헌 옷처럼 구겨지고 색도 바랜
황톳빛 그 얼굴들이었다.
여기저기 뒤적이며 전화번호도 찾아보지만
011 번호들이라 받지 않는구나.
입에다 풀칠하기 바빠 허덕이다가 잊혀진 동무들
이제야 찾으려 하니 떠나버렸다.
천국에 간 친구도 극락에 간 친구도 모두 다
편안하소서.
고향 친구들이여 모두 모두 영원하소서!

지워지지 않는 아픔

참아낸 아픔 또 참고 2018년을 보낸다. 세월호의
참사를 보고 나는 울었다. 그 날의 그 장면들을
보면서 억장이 무너졌다. 인간들이 악마였다
꾸며낸 연극이 눈에 보여도 아니라고 방송을 하였다.
만나는 이마다 날 보고 비판을 하였다. 말도 안 된
말을 하고 다닌다고 해댔다. 바른 눈이 몇 개나
있을까? 바른 마음은 또 몇 개나 될까?
5.18 광주민주화운동도 형제들의 피를 설명해줘도
믿지 않았다. 자신들의 형제가 아니기 때문이었다.
서해안에 정박 중이던 유조선도 국민의 시선을 돌리기
위해서 엄청난 재앙을 자행했는데도 조용히 입을
다물고 끝이 났다. 갈수록 무지의 나락으로 떨어져
갔다. 그들은 톡톡히 눈물과 한을 지우고 있다.
인제 그만 다 비우고 가면 좋겠다.

* 2018년 12월 마지막 달을 보내면서

주마등

가만히 홀로 앉아서 지그시 눈을 감고 있노라니 잊혀
진 지난 일들이 가슴속에서, 머릿속에서 요동을 친다.
힘들고 어렵던 시절의 추억들도 생생하게 떠오른다.
시루 속에 콩나물이 자라듯 만 가지 일들이 떠오를
때마다 눈시울이 한없이 줄줄 흐른다.
눈물 콧물이 뒤범벅되어도 부끄럽지가 않다.
겪어온 일이기 때문이다.
오늘 새벽 왜 이렇게도 긴 긴 명상을 하고 있을까?
이것은 그만큼 굴곡지게 살아왔기 때문이다.
돌아보니 참으로 힘들었던 삶을 살아왔다.
나는 자랑스럽다. 한점 부끄럽지 않다.
오늘 내가 살아있기 때문이다.
죽음의 문턱에서 돌아 나오고 배고픈 설움도 겪어봤고
천한 괄시도 받아봤다. 이런저런 질곡의 삶을 살아
왔기에 무서운 것이 없었다. 피나는 걸음을 걸었다.
길목에서 나를 도와주시던 사람들이 고맙고
감사하다. 많은 은혜 입어 한없이 기쁨이 넘친다.
타향에서 선배도 아니고 집안의 일가친척도 아닌

사람들이 나를 사랑으로 껴안을 때는 감동과 감격을
하였다. 특히 이북에서 피난 오신 어르신들이
도와주시고 남재희 장관님도 1977년부터 나를
이끌어주시고 보살펴주셨다.

1983년 명예스러운 13대 국회의원도 하라고 민주당
김상현(DJ 권한대행) 국회의원님께 부탁하여
공천자리를 잡아주실 때는 밤잠을 설쳤다.

너무나 과분한 자리라 사양을 했다.

장관님께 혼이 났다. 나는 이렇게 했다.

"장관님!"

하며 여러분들 앞에서 왼손을 뒤집어 내보였다.

"내놓을 것이 없잖아요"라고 말했다.

장관님께서 큰소리로 호통치셨다.

"국회의원들 별 것 아니야!" 하셨다.

"지사장은 할 수 있어. 그런데 왜 안 하는 거야?"라고
하셨다.

가슴속에서 눈물이 솟구쳤다.

맹렬히 타오르는 눈물이었다.

남재희 장관님의 따뜻한 사랑이었다.
박성철 기자도, 남성우 후배도 숙연해졌다.
후배들도 감동이었다.
한동안 말문이 멈췄다.
그날의 그 순간은 잊을 수가 없다.
"이번에는 우리가(당시 민정당 소속이었다) 져. 그러니
민주당으로 가란 말이여. 김상현 의원께 말해뒀어.
공천주기로 약속했어." 하시며 역정을 내셨다.
오늘은 그때의 그 눈물이 곱게 고인다.

한 해를 보내며

— 새벽 가는 길

나와 인연들 시간은 빠르지만, 시간을 재촉하지 마라.
우리가 만나면 얼마나 만날 수 있을까?
돌멩이도 아니다. 돌덩이도 아니다. 굴러가면 서로
부딪쳐 소리가 나는데 사람이 서로 어우러져 살다 보면
다툼이 없을까? 그래서 돌덩이인가? 돌멩이인가?
자문자답해 본다. 돌멩이는 자잘해서 시도 때도 없이
부딪쳐 소리 나고 깨진다. 돌덩이는 무거워서 느리게
구르고 소리가 둔탁해서 마음도 무던하지!
이것이 우리가 살아가는 이야기가 아닌가!
성질이 급한 박병창 고문님과 서로 만나서 된 소리
한번 없이 지내니 이상하구나. 곁에 있는 김양흠
서기관님은 말씀이 조용해서 친구들의 모범생이라
인기가 짱이다. 색소폰 입에 물고 레슬링 한 서영상
선생도 느긋한 성품이라 잘도 어울린다.
가끔 붓글씨 써주시는 라해윤 선생님도 귀찮아하지
않고 아무 때나 번개(전화하면) 치면 금방 날아와서
꼼꼼하게 책 표지 글을 써주시니 감사한 마음 둘 곳이

없다. 듬성듬성 커피 사 들고 불쑥 나타나시는 정종체
형님하고 1년에 한두 번씩 찾아오는 남성우 교수님과
발렌타인 21년산 들고 행사 때마다 빠지지 않고
참석하는 박현영 회장도 그리고 84세 되신 윤병현
고문님은 수시로 좋은 술이 들어오면 먼저 내
사무실로 가져오셔서 우리보고 마시라고 하신다.
부동산 운영하여 돈 잘 번 김진수 형님도 가끔
빵 사 들고 들렀다 가신다.
사업들이 바쁘다고 동분서주 뛰시는 김정록 전
국회의원님도 하나님 제자라고 새벽 4시마다 기도
다니시고 뜬금없이 불쑥 들어와 점심 사주고 가신다.
어쩌면 우리가 전생에 어디선가 함께 했던 선후배
친구들이 아닐까?
새해 하루가 막 넘어가고 둘째 날이 이어진다.
이 소중한 시간을 어찌 그냥 넘기나?
5분 전에 기록을 담아놓으니 나는 이렇게 즐겁다.

＊ 2019년 12월 30일 날에 쓴다.

나는 전진을 거듭하였다

농사꾼으로 큰 희망을 걸고 살았다.
열심히 배우며 대농을 꿈꿨다.
농사가 최고인 줄로만 알았다.
배우며 눈을 뜨게 되었다.
우리가 아닌 세계가 있다고 알았다.
나는 객지 서울로 올라왔다.
서울은 화려했다. 어느 곳은 농촌만 못했다.
그러나 실망하지 않았다.

나는 한 푼 없는 빈손이었다.
그래서 직장으로 전전했다.
하는 일도 몰라서 더욱더 어려웠다.
그러나 그 속에서 배우며 일했다.
크게 눈을 뜨고 사업을 열심히 배워갔다.
살길은 있었다.

직장에서 배운 사업경영을 살려 성공하였다.
나를 지켜본 사장님들의 도움으로 먹고 살만큼은

성공하였다. 그리고 손을 놓았다.

선출직 구의원이 되었다.
4년 동안 열심히 성실하게 정도를 걸었다.
많은 것을 배우고 또 흔적을 남겼다. 보람도 있었다.

사회는 다양한 삶이었다.
많은 단체가 살아 숨 쉬며 움직이고 있었다.
삶의 반석이요 즐거움이었다.
단체들의 리더가 되었다.
나 자신을 충전하면서 보람도 있었다.

나이가 기울어가니 하나둘씩 손을 놓고 문학에
전념했다. 나의 새로운 삶을 찾아봤다.
민초들과 함께 나누니 너무나 행복하고 진솔하였다.
진정한 삶이 여기에 있었다. 사람 사는 향기였다.

이제 73살로 들어섰다.

배우면서 얻어온 경험들을 어떻게 나누어 줄 것인가
하나둘씩 조용히 뒤적였다.
가르쳐주시고 사랑해주신 많은 선후배님들께
감사드린다.
오던 길에 만났던 분들과도 존경하고 정을 나누면서
살아온 삶이 자랑스럽다.
가져온 것을 나누어드리면서 언제 어디로 갈
것인가를 차분하게 깊은 명상에 잠겨본다.

나 여기 있소

사람들 틈에 끼어서 온종일 기다리다가 잠이 들었다.
우리 삶 속에서 흔히 겪는 일이었다.
극장 입구에서 만나자고, 서울역 앞에서 만나자고,
고속버스터미널에서 만나자고 약속하고 기다린
사람들 어떤 사람은 집안일 정리하고 늦게 나오고
직장 일 하다가 상관님 눈치 보며 늦게 나오고
정류장 늦게 나와 버스 놓쳐서 늦게 나오고
놀음으로 돈 땄으니 머뭇거리다가 늦게 나오고
이렇게 별의별 이유를 붙여가며 약속장소에 늦게
나왔다. 이 핑계 저 핑계가 지난날 우리들 삶의
여러 가지 양태를 엿볼 수 있다.
가버린 가난들이 환경을 바꿔놨으니 돌아본
지난 시간들이 추억 속으로 멀리 사라져버렸다.

생사의 길

1967년 8월 17일 전라도 촌놈이 서울로 올라올 때
영산포에서 완행열차로 14시간 걸려 서울로 왔다.
내가 고향 땅으로 내려갈 시간은 얼마나 남아 있을까?
시대가 변해서 기차도 고속열차로 바뀌었다.
시대와 시간이 초고속으로 변했으니
나도 고향 땅으로 돌아갈 날을 묻는다.
나이 들어 늙어서 눈이 흐려져 멀리 보기가 어려운데
지금 늙었어도 가는 길은 도착지가 더 가깝게 보인다.

제3부 길 가다 만난 친구

와따 멀구만

빨랑 빨랑 빨랑 어서어서 오랑께?
신용선이 자네 말이여
지금 달려 오랑께 기다린당께
날이 밝아오기 전에 어서 출발하랑께
수원 밑에서 올라믄 한참은 걸린당께
보고 싶은 친구들이 애타게 기다리니
기다리다가 목도 말라 한 잔 해뿌렀네
보다가 안 보니 어찌 그런당가
여기오면 고향 선배 박병창 형도 만나고
반가운 후배들이 어서 오라고 부른단 말시
떠난 지 벌써 몇 달인가, 세월도 급행이네
고속열차 뒷문 잡고 따라가는 우리 나이 아닌가
74살 74㎞로 달려가니 되게 어지럽네 그려!

살아온 길목에서

곰곰이 생각해 보면 많은 것들이 떠오른다.
작고 큰 조약돌을 만지작거리면서
배고픈 길도 걸어보고 힘든 삶도 살아봤다.
배우는 즐거움도 길목에서 만나봤다.
길을 가다가 훔쳐 먹는 도둑도 보고
천하의 절경인 중국 황산도 올라가 보았다.
가고 오는 길목에서 선비를 만날 때는 해가 지는지
뜨는지 시계도 잠이 들었다.
세상 이치가 이것뿐이겠는가
수많은 인고 복락이 꿈같이 지나가는데
그래도 자주 만나는 친한 친구가 더 좋더라.
버티면서 살아도 보고, 눈을 감고 참아도 봤다.
이 길도 저 길도 풍전등화 같더라.
그래도 마음 하나는 꼭 잡고 있었다.
부모님 가르침대로 74년을 꿋꿋하고 청렴하게
부지런히 살아왔다.
그래서 지금까지 내 나이가 멈추지 않은 기차길,
내 인생의 버팀목이 되었다.

정월 대보름

오늘 밤에는 잠을 자지 않는다는 풍습이 있었다.
잠을 자면 눈가에 하얀 쎄까래(서캐의 방언, 몸에 이가 알을
까놓는다는 말)가 낀다 했다.
머슴들은 더 이상 놀 수가 없어 썩은 새끼줄로 목을
맨다는 이야기가 있다.
농사일이 얼마나 힘든 일인가를 말해 주고 있다.
어린 시절에 듣고 배운 풍속이다.
집안 안팎을 대청소 해 놓고 정화수를 떠놓고 오곡밥
담아 차려놓고 촛불도 함께 켜 놓는다. 그리고 몸과
마음을 깨끗하게 하고 기도를 올린다.
우리 어머님들의 정성이었다.
집 안팎 요소요소에다 불을 켜 두었다.
대청마루에, 창고에, 변소에, 개집에, 방마다,
우물에도, 화단에도 불을 켜놓는다.
모두가 행운을 받기 위한 부모님들의 기도였다.
온 가족들의 건강과 한해 무병장수하고 농사가
잘 되기를 빌었던 우리네 전통풍습이었다.
우리는 그 안에서 무럭무럭 자랐다.

글재주는 나이도 안 먹나

나이를 먹었으면 글재주도 나이를 먹어야 하는데,
쓰는 글 다시 보니 이건 말이 아니다.
글이란 놈 어디 갔어?
아무리 소리쳐 봐도 조용하다.
날마다 쓰고, 말해보고, 고민하고 고민해도 늘지
않는데 자리에 앉아서 또 써본다.
명쾌한 글 줄 하나 잡지 못하고 서성거리다가
자고 또 쓰고 밝고 쓸 만한 시상이 떠오르지 않아
시인 한번 못 돼보네.
보이는 것 속에까지 들어가 보면 아주 더럽고 시로
쓰기란 차마 부끄럽다.
언제나 맑은 문턱을 넘을까?
대통령 그림자도 잡아 그려보고, 두들겨도 봐야
하는데 수준이 아니다.
깊은 맛을 잔뜩 담아놔야 맛난 글쟁이가
다 되는데 말이야!
시커먼 정치도 묘사해보고,
말쟁이들 멋진 말들 끌어다가 싸우는 모습도

글로 엮어두면 참 재미가 있겠지.
이젠 저무는 나이라 딱딱해서 재미도 없고 하니
역동적이고 싱싱한 세상 사람들 모습을 담아두고
보면 나도 늙지는 않겠지!

* 2018년 12월 31일

동창생 친구들

새해마다 뜨는 해 올 새해에도 여전히 그 자리에
떠오르고 6년 동안 한 울타리 안에서 공부하던
우리를 비추어주었지.
책보를 어깨에 메고 떡과 오꼬시(쌀 튀김 과자)는
호랑(주머니)에 담고 관산동 초등학교에 가서 서로
나누어 먹던 그때 그 시절이 생각이 나네.
지금도 그 시절만 또렷하게 기억이 떠오른다.
친구들 미안하네. 설 때마다 내려가 만나보지 못하고
전화도 종종 못했네.
얼마 남지 않은 여생 얼마나 산다고!
자네들 올해도 건강하시게,
사는 그날까지 즐겁게 사시게.
남아있는 동창들은 몇 명이나 사는지 궁금하네.
우리 더 늙기 전에 함께 만나보세.
어린 시절 그 추억들 이야기나 해보세.
장기홍, 임내길, 백종필 자네들이 추진해 보소.
비용은 내가 내겠네.
어디서 무얼 하고 사는지 찾아서 자네들이 자리를

만들어보소.
더 늙기 전에 우리 한번 만나서
옛날로 돌아가 보세!

서울에서 현경이가

잊혀진 기억

외로울 때는 홀로 앉아 기억들을 뒤적인다.
어린 시절 즐겁고 기뻤을 때 날들이 머릿속에서
나타났다가 사라지고 다시 훌쩍 생각난다.
잡지도 못한 그 시절이 기억 속에서 잠시 왔다가
가버린 옛날이 흘러간 노랫소리 타고 들렀다 간다.
청춘도 가버리고 친구들은 떠나버렸으니 나는
어디로 가란 말인가?
부모님도 형제들도 먼 산에 가 계시고 가버린
추억들을 찾아보려고 애를 써도 손끝까지 왔다가
머리 위로 가슴속으로 파고들다가 돌아서
떠나가버리니 애간장만 탄다.
꿈같은 어린 시절 언제 또다시 돌아오나.
옛 친구들 하늘나라 가서나 만나볼까?
어린 시절 함께 노래 부르며 들로 산으로 뛰놀던
그 시절 오늘도 찾아 헤맨다.
기력이 다 떨어져 추억들도 지워져 가고 그 옛날
구름 속에 감춰둔 아름다운 추억 그려보며 조용히
눈시울만 적신다.

꽃피고 새우는 들에 나가 아지랑이 쫓아가며 삐비(삘기)
꽃도 뽑아먹고 클로버 꽃 따서 꽃반지 끼우던 그 시절
우리는 어깨동무하고 희망의 꿈을 노래했다.
논과 밭에선 종달새가 울고 호랑나비 쫓으며
'푸른 하늘 은하수 하얀 쪽배에 계수나무 한 나무
토끼 한 마리' 하며 노래 불렀던 때가 그립다.
메뚜기 잡고, 방아개비 잡고, 띠풀(삘기) 뽑아
메뚜기 끼워 차고 온종일 누비며 철없이 살았다.
친구야! 친구야! 그리운 내 친구야!
그 옛날 놀던 곳에서 그 시절로 돌아가
우리 다시 만나보자.
그리운 나의 친구야!

음악 소리를 옮긴다

즐거운 마음을 말로 표현하고, 말을 소리로
되새김하고, 소리를 다시 감정으로 전달한다.
느끼는 음색과 음소를 분해하여 강약의 선율을 머리와
가슴에서 소화해 리듬을 전신으로 자극시킨다.
빛에 따라 진동하는 파동이 음파의 파장이 되어
강약에 따라 춤이 나오고 흥이 분출하여 노래와
넋이 부양한다.
떠다니는 입자의 혼이 끌어당긴 대로 취해버린다.
음악이란 무서운 기운을 담고 있다.
목전에 운명길이 갈려도 상관하지 않는다.
이것이 음악이다. 진정한 정의다. 천연의 마약이다.
심취한 노래와 춤이 경지에 들면 그 사람은 진정한
삶의 맛을 자유자재로 깨달은 사람이다.
음악의 선율을 옮은 나의 철학이다.

인물이란!

진정한 일꾼이 진정한 나라를 이룬다.
나라가 밝고 명랑한 사회, 자유롭고 정직한 사회의
토대 위에서 민주주의가 이루어지는 것이다.
누구나 한 사람 한 사람이 서 있는 그 자리가 밝고
깨끗해야 한다.
진정한 큰 일꾼이 나와야 큰 나라가 되는 것이다.
국토가 크다고 큰 나라가 아니다. 인물이 있어야
큰 나라다.
역사란 밝고 명랑한 삶 위에서 뿌리내려야 바른
민주주의로 가는 것이다.
권력은 나의 것이 아니다.
권력은 국민의 사랑인 것이다.
지도자의 힘을 골고루 사랑으로 나눠 쓸 때,
진정으로 아름다운 사회가 이루어진다.

오밤중에 별을 보고

보리밥 속에 뉘는 자취를 감추고 어쩌다가 바윗돌이
이빨에 씹히면 천지가 진동한다.
인생을 이렇게 살아왔다.
겨우 밥 한술이나 먹고 살지만 편안한 삶이
며칠이나 있었던고.
즐겁고 재미난 삶은 어제나 오늘이나 날 새는 줄
모르다가 닥치는 돌덩이 입속에서 충돌할 때 그와
같은 층높이가 계곡 져 우리들의 삶이 아니던가?
평범한 생활 속에 뜻밖의 우환이나 사업을 하다가
부도 맞거나 온갖 풍파가 여기저기서 일어난다.
한 번씩 먹구름이 뒤집고 지나갈 때면 산산이
부서지는 가족들의 아픔이 한 가정을 피폐하게
흩어 버린다.
건강도 부서져 버리고 가족들은 풍비박산 흩어져
나갈 때 누가 이 가정을 삶이라 하겠는가?
병들고 죽고 흩어져 어제의 화목했던 한 가정이
이렇게 얼음조각처럼 산산이 흩어진다면 다시
회생한다 해도 앞집 사람들은 벌써 저만치

지나가 버렸다고 웅성거린다.
이웃과 즐겁게 재미나게 살아왔던 지난날들은
저만치 뒷산 머리에 걸치고 외롭게 재생하는 이
가정은 함께 놀았던 이웃들과도 영영 멀어져 버렸다.
한때는 잘나가던 사람들이었는데, 가슴을 치며
밤낮으로 뛰어 겨우겨우 밥술은 들어도 사람들의
웃음이 떠난 지는 오래되었다.
사는 건지 죽지 못해 사는 건지 허덕이다가 아비는
죽고, 나락으로 기우는 그들 뒷모습을 보면서 인생
허무한 삶의 모습을 부처님 말씀 속에서 챙겨본다.
그것은 한 줌의 공수래공수거라고!

주민자치위원들

어제도 보고 오늘도 만난 우리 동네 주민자치위원들
불철주야 마을 안길 구석구석 밤손님들을 쫓는다.
1년, 10년 변함없이 밤사 2동을 순찰해온 위원님들
동민을 위하여 편안한 밤 되시라고 밤낮으로 뛰었다.
직능단체 위원들이 불우한 이웃들도 도와가며
봉사를 해왔다.
바쁜 내일도 쉬지 않고 소리 없이 순찰한다.
나이 들면 물러난 자리에 후배들이 이어받고
불평 한마디 하지 않고 수십 년을 봉사한다.
이들을 지휘해 온 김○룡 주민자치위원장님 5만의
우장산동이 우수 동이 되었다.
골목 구석구석 가는 곳곳마다 전등불도 켜주고,
상하수도 막힌 곳도 즉시즉시 고쳐줬다.
쌓이는 쓰레기도 즉시 조치하여 치워주고
밤낮을 가리지 않는 우리 동네 주민자치위원님들
해맑은 얼굴로 친절하게 오늘도 우리 동네를
쉼 없이 돌고 있다.

등 불

계절 바람에 찾아온 어제 그 사람 환갑을 넘긴 나이에
향학을 불태우며 봄바람에 물들인 그 사람이었다.
만나면 만날 때마다 달라져 간 그 사람,
나이가 들어갈수록 늦깎이 향학열에 환갑을
대학에서 먹어 삼켰다.
못다 한 꿈을 이루려는 열성은 태산을 쌓고,
지난 세월 잠자던 자신에게 등불을 밝혀 놓았다.
자식들 키워놓고 향학에 불 지피어 몸과 마음과
정신을 배움의 길로 인도하였다.
내생을 야무지게 터 다지는 최○자 여사,
아무나 하지 못하는 차세대를 닦아간다.
다시 태어나 아름다운 세상에서 더 좋은 삶의 꿈
이루기를…

＊ 최 여사 : 전 강서구 구의원 역임

추억의 글쓰기

따뜻한 구들방 아래 엎드려 글짓기를 해본다.
겨울 방학이면 학교에서 내주는 숙제를 풀어갔다.
창밖에는 찬바람이 세차게 붐고 눈밭이 휘몰아쳤다.
어머님은 부엌에서 밥을 짓고 아버지는
소 마구간에서 쇠죽을 쑤고 계셨다.
금방 숙제를 다 해놓고 고구마 구워다가 한 개 두 개
껍질 벗겨 까먹으면 꿀맛이었다.
앞가슴에다 베개 받치고 엎드려 글짓기를 하였다.
구들방 아랫목은 뜨끈뜨끈해 방바닥 장판지가
거무스름하게 눌어 있었다.
긴긴 겨울밤에는 어머님이 고구마 쪄다가 주시면
대바구니에 담아놓고 꺼내 먹으면서 책도 읽고
공부했던 추억을 다시 재연해 본다.
남들도 먹기 싫어한 나이 74살이나 훔쳐먹고 보니
엎드려 공부하기란 몸뚱이가 굳어 허리가
휘어지질 않는다.
뻐근해진 허리는 세월이 날 잡는구나.
마음은 변한 게 없는데 굳어진 이 몸뚱어리 누가

이렇게 만들었나.
헐겁게 마구잡이로 혹사하고 부려 먹었으니
파스를 덕지덕지 붙일 때가 다 되어버렸다.
이놈의 몸뚱어리를!

길 가다 만난 친구

오랜만에 만난 친구였다.
반가워서 손 붙잡고 이야기하다가 가까운
찻집으로 함께 들어갔다.
몇 년 만인가 지난날 이야기가 매우 즐거웠다.
이것저것 흘렸던 말들이 참 재미있었다.
길 가던 친구 붙들어 놓고 한참을 이야기했더니
약속 시간이 지나버려 전화가 왔다.
이 친구와 이야기가 끝도 없는데 어쩔 수 없이
헤어지고 다시금 길을 또 가다가 또 다른 친구도
오랜만일세, 똑같이 손 붙잡고 찻집으로 들어갔다.
반가워서 주고받고 나누는 이야기라 허물이 없어
재미가 있었다.
이렇게 좋은 이야기는 온종일 즐겁고 힘이 나는데
어떤 친구는 길에서는 반가워하다가 차분하게
터놓고 이야기할 때는 모든 말을 다 잊었다.
그렇게 잘나가던 내 친구였는데 오늘 보니
후줄근해 말문을 닫아 버렸다.
지난날 그 모습 마음이 아팠다.

사는 것이 무엇이길래 인생 이야기를 나누는가?
차곡차곡 쌓이는 것은 후회뿐이고
돌아서 갈 수 없는 젊었던 그 날들을
어제도 오늘도 되새기며 살아간다.

우리 동네 동촌

고향 우리 마을은 향기 나는 조용한 동네였다.
아침 해가 떠오르면 관산면에서(관산읍)
제일 먼저 비춘다.
소쿠리형 우리 동네는 7반까지 있었다.
1반 머제들, 2반 오제비, 3반 굼태기, 4반 샘골목,
5반 깐지고랑, 6반 나들이, 7반 양촌이 마을 등
7개 반을 형성하고 있었다.
2㎞ 앞 전방에 염밭등(죽청2구) 앞바다 위로 뜨는
햇살이 집마다 안방까지 창호지 창을 환하게
비춰준다.
조용하던 동네가 집집마다 굴뚝에서 냉갈(연기)이
피어오르고 여기저기서 이야기 소리에 웃음꽃이
피어난다.
아짐씨(아주머니)들이 옹기 물동이 이고
공동샘(우물)으로 모여든다.
어젯밤 이야기를 하며 시어머니 흉도 보고
아들딸들 자랑도 하고 아제(아저씨) 씨아제(삼촌)
하시던 이야기며 오순도순 빨래 소리와 함께

웃음꽃이 피어난다.
버려진 구정물은 미나리 논에 흘러 들어가고
사이사이 거머리 떼는 우글거린다.
잘 자란 미나리 한주먹 베어다가 데쳐서
초고추장에다 낙지나 간자미, 서대를 숭숭 썰어서
무쳐놓고 막걸리와 함께 이웃들과 나누어 먹던
고향 우리 동네였다.
너털웃음 웃으시던 옛날 그 어른들은 다 어디로
가시고, 어느 분들은 아들 따라 객지로 떠나시고
돌아가시면 유골만 돌아오셨다. 그리운 고향 땅에
발도 못 딛고 가신 것이다.
모여들던 공동 샘터도 하나둘씩 사라지고 없다.
가끔 고향 내려가 나 놀던 자리 찾아가 본다.
나와 함께 놀던 동무들도 다 떠나버렸다.
논 가에 앉아서 참새 몰던 그 자리도 사라지고 없다.
물끄러미 홀로 서서 어린 시절을 회상해본다.
갈 때마다 반겨주시던 그 어른들은 다 어딜
가셨나요? 한 분 두 분 다 떠나가시고 없어 고향의

적막이 나를 울린다.
함께 자랐던 내 친구들도 다 멀리 떠나고 없어
외롭고, 서배 후배도 한 분 두 분 보이질 않는다.
일가친척 떠난 자리에 동네 사람들도 떠나시고
고향의 적막은 내 가슴마저 슬프게 하는구나!

제4부 철없이 살아온 날

고향 집

우리 집 앞은 넓은 들판이었다.
좌우 모두가 들판으로 감아 돈다.
좌측 전방에도 우측 전방에도 1㎞ 좌우에
작은 저수지가 있다.
지렁이 잡아 깡통에다 담아 들고 어머니 바느질
실타래에 낚싯줄 걸어 메고 끝에다 둘둘 감아
어깨에 메고 다 떨어진 아버지 밀짚모자
몰래 슬쩍 쓰고 나갔다.
하루 종일 붕어 낚아 올리니 그 재미에
해가 지는 줄도 몰랐다.
꾸러미 길게 늘여 붕어 몽땅 잡아들고 들어오면
풀 뜯기라는 소는 어디에다 두고 밤늦게 오느냐며
아버지 큰소리에 낚싯대가 떨렸다.
그때 그 시절 아버지 목소리는 어딜 가고
나 홀로 서 있는가!

미세먼지

뿌연 미세먼지 속에 운동장을 일찍 나와보니 아무도
없다. 눈도 비도 안 오는데 차 안에 앉아 멀리
둘러봐도 조깅하던 사람도 보이질 않는다.
날이 밝아도 뿌연 먼지는 가시지 않고 운동장에서
나갈 줄 모른다.
옛날 같으면 이것저것 가리지 않았는데,
나이 들어 늙으니 걱정을 한다.
학생들은 가리지 않고 학교로 들고나고 오고 가는데
이 못난 늙은이는 조금 더 살겠다고 차 안에서
꼼짝 않고 앉아있었다.
교문을 박차고 승용차 한 대가 들어온다.
배둥이 이건배였다.
둘이서 운동장 돌다가 철봉 잡고 팔운동 좀 하다가
발길 돌려 ○○식당으로 갔다.
간단한 한식 차려놓고 서로 얼굴 마주 보면서
배둥이가 "한 가지 빠졌는데?" 하였다.
두 번씩이나 말을 한다.
나는 모르는 척하고 듣고만 있었다.

또 말을 건다. 슬쩍 일어나서 냉장고 속에 보관해둔
인삼주 한 병을 꺼내왔다.
인삼 술 내놓고 나 한잔, 배둥이 3잔 마셨다.
그놈의 미세먼지는 어디로 갔는지 까마득히 잊고
기분 활짝 펴며 헤어졌다.

나는 누구인가?

나는 언제나 혼자였다. 외로웠다.
쓸쓸할 때는 미래를 꿈꾸었다.
고향 그리워하며 고독을 씹었다.
하늘의 별을 보고 내일을 생각했다.
아무도 내 마음을 받아 줄 사람이 없었다.
외로울 때마다 더욱더 말없이 주어진 일을
열심히 하였다.
말수도 적었다. 환경이 이렇게 변할 줄 몰랐다.
시골 촌놈이라 더 했다.
멍청하게 살 수는 없었다.
굳은 각오로 마음의 문을 활짝 열었다.
많은 사람을 만났다.
남이 할 일도 내가 더 했다.
대화가 되었다. 좋아들 했다.
때가 와 귀인이 있었다.
살아갈 인생 공부를 듣고 터득했다.
주어진 일에 충실하고 거짓 없이 살아가니
문이 열렸다.

시간이 오래 걸렸다.

꿈은 하나둘씩 이뤄졌다.

열심히 배우면서 성실하고 정직하고 그리고
부지런하게 살았다.

오늘날 강서구에서 많은 사람이 내 이름 석 자
불러주고 있다.

이것이 오늘날의 나인 것이다.

교 육

태어난 날부터 배워야 산다.
모든 것은 반대급부가 따른다.
좋은 것도 있지만 나쁜 것두 손이 간다
사람은 생활 속에 음과 양이 공생한다.
해로운 것이 더 끌린다.
살아가는 것도 유혹이 더 달콤하다.
술도 마시면 마실수록 더 마시게 된다.
사행심도 그와 같다.
어린이들 교육이 참으로 중요하다.
부모가 살아간 방식대로 따라 하는 것이 어린이들의
습성이다. 그래서 부모가 어려서부터 사행심은
멀리해줘야 한다.
그뿐만 아니라 가볍게 보고 남들이 한다고
따라서 하는 것도 해서는 안 된다.
어린이들은 자라는 과정에 언젠가는 틀림없이
부모가 행한 짓을 따라 해보게 된다.
그러다가 나쁜 짓에 빠지게 된다.
아무런 죄의식 없이 저지를 때는 늦은 것이다.

그래서 평생을 조심하고 사는 것이다.
그 덕은 성장 과정에서 차이가 난다.
단체 생활 속에서도 가장이 되어 직장에서 승진을
할 때도 사업을 할 때도 이 모든 것들이 배워 온대로
실행하기 때문이다. 그래서 사람답게 살아가기가
어려운 것이다. 사람은 자식을 낳고 살아간다.
후손들이 아무 탈 없이 큰 실수 안 하고
잘 살아 주기만을 바란다.
그 실천은 부모가 살아온 그 모습대로 하는 것이다.
이것을 인생살이라 하는 것이다.
홍콩 마카오 다녀오는 길에 본 대로 느낀 대로
사행심에 빠졌던 몇몇 후배들에게 전했다.

예향 길에서

달콤한 시간은 가고 힘든 시간만 기억 속에 남아
있었다. 무겁게 무겁게 나르는 발길 예향의 정읍시
가는 길이다.
목구멍 채우기 위해 생명줄 단 그 날까지 걸어가야 해.
오라는 곳은 없지만 무작정 걸어갈 땐 하염없이
하늘만 쳐다봤다.
젊은 시절 힘 있을 때는 골라보고 더듬어 만져 보고
맛도 보았지만, 끝자락에 다 와 가니 정읍시 고향
방문에 왜소함이 얼굴에 배었다.
그 처량한 마음 한구석이 용기마저 버렸다.
낡은 몸뚱이 끌고 여기까지 따라와 활발했던 25년
강서호남향우연합회 역사를 상기시키며 흐르는 눈물
하염없이 흐르고 그 옛날의 내 친구들을 떠올리니
기억들은 참으려 해도 버티려 해도 목이 메었다.
마이크는 잠시 잠시 쉬라고 외쳤다.
그 잘난 호남 출신 인사들은 우리 곁에
서려 하지 않고 멀리 맴돌았다.
강서호남향우연합회 1,200여 명이 정읍시청을

방문하니 모이는 사람들은 정이 많은
순둥이들뿐이었다.
인정도 사랑도 의리도 오늘 모인 우리 것이었다.
가는 걸음에 방문기념으로 반송 한 그루
심어두고 왔다.
가고 오는 차 속에서 돌아가는 인사말들은 오직
우리만 느끼는 예향의 정담이었다.
풀 죽어 살던 옛 모습은 찾아볼 수가 없고,
나누는 사랑의 인사는 호남의 향기로 차 안에
가득 넘쳐났다.

수많은 인연 중에

주님은 항상 남을 도우라 하셨습니다.
주님은 말씀대로 실천하라 하셨습니다.
부모님 말씀은 가르치신 대로 따르라고 하셨습니다.
이 몸 세상에 태어났으니 이대로만 실천하면
아무 탈 없이 살아갈 수가 있습니다.
세상에 태어날 때는 부모님과 인연 맺어 나왔습니다.
만물과도 인연 있어 생명을 유지하고 살아갑니다.
그런데 그 한 사람 장○옥 선생은 무슨 인연일까요?
나 살기도 바쁜 세상인데 지현경까지 챙겨주시니
말입니다.
곁에 있는 친구도 멀리 사는 친척도 살길 찾아가기
바쁜 세상인데 말입니다.
인생은 살아가면서 마지막 바라보는 곳이 명예라
하였습니다.
명예를 얻으려면 목숨과 함께한다 하였습니다.
얻으면 살고 빼앗기면 죽는다는 진리가 따라다닙니다.
최고의 보람은 돈보다 더한 것이 명예입니다.
무거운 명예 바르면 살고 그르면 죽는다는 하나님

말씀입니다.

통치자도 못 버리면 죽고 재벌도 못 버리면 망하는

명예! 장○옥 선생님 어찌하여 지현경을

추천하십니까? 쓸만하게 보이십니까?

세상이 시끄러우면 바른 것도 안 보입니다.

개미 떼는 죽은 것 찾아가고 벌떼는 피는 꽃을

찾아갑니다.

이것이 우리가 살아가는 진리입니다.

감사합니다.

＊ 장화옥 선생님이 국회의원 후보로 천거하였다.

친구 생각

흐르는 시간이 나를 무겁게 하네. 나이가 들수록 몸은
무겁고 생각들이 하나둘씩 보일락 말락 사라져가네.
남은 기억들마저 저 멀리서 손짓만 하네.
푸르른 저 산야에 꽃피고 새도 노래하는데
나는 늙어만 가는구나.
바람불고 비가 오면 풀잎 나부끼어 춤을 추고
기뻐하는데 이내 몸은 천근만근 무겁기만 하는구나.
하얀 눈 소복이 쌓일 때는 내 마음 창공을 날아갔다.
그 시절 꿈같은 소망이 저 별 속에 묻혀 보이질 않고
이제는 나와 멀어져가는구나.
청춘이 오늘인가 했는데 그림 속에서 멀쑥한
생각들이 오늘 또 시작해 본다.
잊혀진 내 친구들 흔한 전화 한번 챙겨주지 못한 내가
어찌 친구라 하겠는가?
미안하고 부끄럽네! 우리 더 늙기 전에 얼굴 마주 보며,
정담이나 나누며 가는 세월도 꼭 묶어나 보세!

철없이 살아온 날

별빛은 하늘을 밝히고 적막은 달리는 자동차 소리와
사라졌다. 통금이 풀릴 때까지 서울 장안은 고요했다.
밤이면 외롭게 앉아서 고향 생각에 빠져들었다.
한 해 두 해가 지나가고 있었다.
하는 일은 날마다 무거운 철근 다발을 들어 날랐다.
허리는 휘고 손바닥은 덕지덕지 굳은살이었다.
먹는 것은 정부미 보리 섞인 혼합미였다.
쌀알은 출장 가고 납작 보리쌀만 나뒹굴어 입에
넣기도 어려웠다.
무거운 철근 다발을 들고 나니 팔의 근육이 늘어나
숟가락을 들 때마다 가볍게 떨었다.
가만히 그날 그때를 생각해 본다.
곱던 얼굴도 구겨져 갔다. 그래도 나는 성실하게 일을
했다. 나는 사장님 눈에 들었다. 한 단계 편한 일을
시키셨다. 인천에 가서 철근을 받아오는 일을 하였다.
납품처에 가서 수금하는 일도 시키셨다.
이렇게 몇 단계씩 장사하는 경험을 쌓아갔다.
어느 날 나는 강서구 등촌동에 철근상회를 차려놓고

장사를 시작했다.

자본이 없어 준비하는데 100만 원이 들어갔다.

시골 논 3필 1,800평과 황소 한 마리 팔은 금액이
고작 100만 원이었다. 이 돈으로 가게를 열었다.

나를 도와주시는 분들이 늘어갔다.

도와주시는 분들 대부분이 이북 출신들이었다.

지난 세월을 돌아보니 부모님이 적선을 많이 하신
덕이라 생각한다.

고향 장흥 관산면에 피난민들이 많이 모여들었다.

이분들은 텐트 치고 모여 살았다.

아침이 되면 줄줄이 우리 집 앞에서 식량을 얻으러
오셨다. 어머니는 한 분 한 분 나눠드렸다.

쌀이 떨어지면 우리 식구들은 고구마로 연명했다.

생각해 보면 참으로 묘한 인연이었다.

이렇게 서울 생활이 자리를 잡아 갔다.

그래서 오늘 내가 있는 것이다.

등촌동에서 자리를 잡고 결혼도 했다.

어느 날 남재희 기자가 찾아왔다.

공화당으로 강서구 국회의원 출마를 한다고 했다.
그 인연은 길게 이어졌다.
남재희 국회의원은 4선을 하고 노동부 장관도 하셨다.
시간만 나면 나를 데리고 다니셨다.
많은 지인을 소개도 해주셨다.
깊은 인연이었다. 하나하나 사연들이 끝이 없다.
지금 88세로 거동이 불편하시나 정신만은
초롱초롱하시다.
남재희 장관님이 큰형님 같아서 항상 가까이 모신다.
건강하시길 빈다.

어제는 좋은 날

부처님 오신 날이다. 우리에겐 슬픈 날이다.
날마다 발산초등학교에서 40여 년 동안을 함께
뛰었던 회원 박첨우 후배가 극락으로 떠난 날이었다.
같은 날 라해윤 선생의 모친께서도 극락으로 가셨다
한다. 소호 선생은 어머니를 위해 지극 정성으로 모셔
와서 복을 받을 것이다. 아무나 자식 노릇을 하는
것이 아니다. 나도 마지막 가시는 어머님을 모시고
살았다. 모신 사람만 그 정을 느낄 것이다.
사람으로 태어나서 마지막 떠날 때 부모님이 하시는
말씀은 영원히 잊을 수가 없다.
두 분을 위해서 극락왕생을 빌며 새벽기도 올린다.
세상에 왔다 가는 길은 질퍽거린 길이다.
황토 위를 밟으면서 한 시대를 살아왔다.
외롭고 힘들어도 나는 걸었다.
자식들 낳고 기르면서 기쁨도 맛봤다.
그 정을 잊지 못해 헤어지려니 슬프다.
자식들과 인연이란 억겁의 인연이다.
또다시 만날런지, 그리도 못 잊는가?

기를 때는 똑같이 사랑으로 길렀건만 병들고 늙어서는
돌아서는 자식들, 세상을 원망하리? 버려진 내 신세를
원망하리? 그래도 한 놈이라도 내 곁에서 보살피니
떠나는 내 마음 눈물 감추고 가련다.
소호야 잘 살아라, 건강하게 살아가라.
마지막 가는 길은 황폐한 길이란다.
아무도 없는 황야에 풀잎 하나가 없단다.
새소리 바람 소리도 없는 세상
풀 한 포기 꽃 한 송이도 살 수가 없단다.
여기가 천국이다.
이곳이 영원한 곳이란다.
허덕이며 아등바등 살아온 지난날들 지친 몸
내던지고 훌훌 털고 가는구나.
인연 맺어 살던 그들 헤어지니 슬프구나.

　
* 발산축구회 고 박철우 회원
* 서예가 소호 선생님 모친

돌아서 흘린 눈물

파릇한 봄 향기에 푸르른 새싹들이 얼굴을 뽐낸다.

청춘을 강서에서, 나이도 강서에서 몸과 미음 맡겨
두시고 산 넘어 고개 너머 바라보신 남재희 장관님!
들판에 오셔서 길도 만들고 상수도 먹는 물도
끌어다 주셨다. 우리는 그 길을 달리고 있습니다.
우리는 그 물도 마시고 있습니다.
남재희 장관님! 백번을 불러 봐도 그 얼굴로,
천 번을 만나 봐도 그 모습으로 지켜주세요.
작년에는 10걸음이 올해는 여덟 걸음 걸으셨습니다.
팔팔하시던 그 모습을 볼 수가 없어 기억 속에서
그 모습을 뒤지고 있습니다.
남재희 장관님! 생각 생각날 때마다 눈물이 납니다.
그림자도 남겨 주세요. 남재희 장관님!
래미안 아파트 뒤 공원에 앉아서 나를 가르치신
말씀이 칭찬뿐이셨습니다.
오늘이 2019년 5월 2일입니다.
어르신 말씀 담으려고 찾아갔습니다.

장관님!
날씨는 청명한데 왜 눈시울이 젖어옵니까?
장관님 왜 내 손을 꽉 잡으시고 힘을 주셨습니까?
무너진 가슴 속에 눈물이 고였습니다.
어쩌다 만나서 42년이나 흘러갔습니다.
무교동 식당에서 수경이 아버지 임○호 선생님과
이야기도 남겨 주시고, 필동 요정에서 김○현
국회의원님께 나를 국회의원 공천 천거해주시던
기억도, 연희동 철길 밑 전통 중국집에서 술잔 하나로
주고받던 그 기억도, 강서구청 뒤 한식집에 먼저
가셔서 기다리시던 그때 그날도 술잔은 하나였습니다.
남재희 장관님!
미천한 이 사람을 가르치셨습니다.
42년을 하루 같이 가르치셨습니다.
남재희 장관님!
오늘도 홀로 앉아서 다정하신 그 얼굴 그려봅니다.

존재 없는 것이 철학이다

말끔히 차려입은 신사가 방문을 열고 나간다.
신사의 겉모습은 옷이라고 한다.
무명일까? 실크일까?
멀리서 전화가 왔다. 그 사람을 묻는다.
어떤 모습으로 나갔느냐고 묻는다.
그 사람 주머니 속에는 돈도 있고 핸드폰도 있다.
형체는 하나인데 많은 것을 지녔다.
머릿속에는 다양한 지식이 담겨있다.
계산하는 수학도 담겨있다.
뜬구름 타고 나르는 그 사람 우렁찬 목소리가
간장을 녹인다.
백지장 위에다 그리는 그림 속에서도 향기가 퍼지고
낙엽이 하나둘씩 떨어지고 있다.
형체가 없고 존재도 없는데도 우리가 말하는
실존 철학이라고들 하는가?
이것을 형이상학이라고 불리는 미래의 눈이라
하겠는가? 그래서 나는 존재 없는 철학이라고 한다.

귀한 생명

애지중지 길러서 여기까지 왔다.
귀한 생명 지키면서 지금까지 살아왔다.
부모님이 주신 내 아들, 내 조카, 친구, 후배보고
말하고 만날 때만 풍겨오는 담배 냄새가 가빠오는
호흡까지 괴롭게 한다.
밤마다 쌕쌕거리며 약으로 사는 내 생명을 조금씩
재촉한다. 골초들은 모른다. 녹아드는 자신들의 숨이
차도 모른다. 그들과 차를 타면 괴로운 내 가슴속은
한없는 고통이 움직이고 있는 것을.
하루하루가 힘이 드는데 안 만날 수도 없고, 날마다
함께 사는 내 자식부터 담배 냄새라 누구를 탓하리오.
인생살이 이런 거야 고달픈 인생들 약 먹고도
정신 못 차린 이들 화약 지고 달려간다.
어두운 세계로!

은인들

오다가다 만나면 하시는 말씀들을 귀담아
들어두었다.
흘리다가도 닦고 담아두고도 쓰지 않았다.
그렇게 그럭저럭 살아왔다.
깊이깊이 들어 있는 것들을 쓸려고 줄을 달아 건져
올려 보지만 녹이 다 슬어 버렸다.
이럴 때는 가슴이 아팠다.
배우는 것도 보를 막고 즉시 기억해둬야 했는데
시기를 놓쳐버렸다.
그래야 보약이 되는 것인데 너무나 소홀했다.
늘그막에 뒤적뒤적 찾아보지만 눈물뿐이다.
왜 내가 벌써 늙어버렸느냐고, 이렇게 사는 것인가
후회가 막심하다.
살아 있을 때는 형상이요, 죽은 후에는 영상이요,
그다음은 허상이다.
나는 이렇게 살아간 것이다.

날품팔이 인생

그 사람이 사람이냐고 사람들은 말을 한다.
어제는 건달 짓 하다가 오늘은 사람 같으니
그 사람이 그 사람이냐고 사람들이 묻는다.
그 사람 곁에 모인 사람들도 사람들이 이야기한다.
사람다운 사람이 몇 명이나 있느냐고 사람들이
말을 한다.
의리도 지조도 얼마나 지켰냐고
예의 바른 사람들이 사람 같은 말을 한다.
이 사람도 저 사람도 사람다운 사람들이 사람 같은
말을 한다.

사라진 덕석(명석)

덕석(명석)에 둘러앉아 가족끼리 팥죽 먹던 시절이
있었다.
모깃불 피워놓고 달빛을 보며 가족끼리 노란노란했다.
세상이 시끄럽다 해도 6.25사변 전쟁 이야기도
무섭지가 않았다.
깊어만 가는 달빛은 뒷산 중턱에 걸치고
따라온 별들이 내 동무해 주었다.
고요한 밤중에 흙내음 속에서 찌르레기 울어대고
귀뚜라미 나들이에 깜짝 놀라 귀를 번쩍 세운다.
졸던 잠귀가 달아나고 피워둔 모깃불은 사그라져
가는데 먹고 비워둔 사발 몇 개가 머리맡에서
밤이슬을 촉촉히 맞는다.

제5부 뜨거운 눈물

불 꽃

나이가 들어가니 가끔 돌아가신 분들의 소리가
들린다.
정들었던 친구도 가고 사랑했던 후배도 가고
존경했던 선배님도 가셨다.
잊을 만하면 한 분 두 분 소리 없이 떠나시니
마음이 울적하다.
오늘 아침에도 이대 서울 병원에서 오전 7시에
후배인 전 강서구 구의원 부인이 저세상으로 떠나는
의식을 치르니 울적하여 눈시울을 적셨다.
이런 것이 우리들의 삶이라고…
그 길로 사무실에 나와서 소주 한 잔 마시고
몇 자 써본다.
고인의 명복을 빌어본다.
극락에서 편안하시옵소서!

내 청춘이 기쁜 날입니다

불초 이 사람이 「출판기념식」을 합니다.
바쁘신 가운데도 축하해주시기 위해 참석해주신
내외 귀빈 여러분 감사힙니다.
지고 온 인생길이 무거운데 1973년도에 강서구 등촌동
국군수도통합병원 입구에다 둥지를 틀었습니다.
그 세월이 46년이나 되었습니다.
꽃다운 청년이 1975년도에 결혼하여 딸 1명,
아들 2명을 두었습니다.
이제는 다리도 중심을 세우기가 어렵고 눈과 귀는
청산을 노래합니다.
길 가다 많은 분들과 만난 인연으로 은혜를 입었으니
언제쯤에나 보답해드릴까 걱정을 해 봅니다.
가버린 젊은 시절은 묵은 헌 책 속으로 들어가 버리고
오늘 졸작 몇 마디 구불구불 그려놓고 바쁘신
여러분들을 모시고 자랑을 해 봅니다.
부족하지만 또다시 출발하겠습니다.
여기까지 오게 된 것은 엄하신 남재희 장관님과
김종상 고문님께서 강한 훈교가 있어 시작했습니다.

앞으로도 석양이 따라올 때까지는 떨어진 꽃잎
하나둘씩 주워 담아 가겠습니다.
감사합니다.

2019년 5월 27일
강서구민회관에서

무거운 짐이었다

가슴속에 쌓인 짐과 등허리에 지고 간 짐 모두가
무거웠다. 십리 길 쌀 한 가마 시장에 내다 팔러 간
진도 무거웠다.
그리고 평생을 살아가야 할 가슴속에 상처도 무거웠다.
그래서 버려진 종잇조각처럼 천하게 살아왔다.
주어진 운명이라고 말없이 참아왔다.
살아야 한다고 죽지 말아야 한다고.
나에게는 4명의 누이가 있었다. 3명은 서울로
데려왔다. 쓰러지면 모두가 죽는다 하였다.
차디찬 손에는 아무것도 없었다.
돈 한 푼도, 배경도, 그런데 배운 것마저도 없었다.
의지할 곳이란 오직 성실과 정직뿐이었다.
날마다 말똥말똥한 두 눈망울뿐이었다.
심지가 굳었다. 무작정 살고 보자고 가리지 않았다.
무데뽀로 살아왔다. 그 길이 옳았다.
2019년 5월 27일 어제의 눈물이었다.
인생은 이렇게 살아간 것이라고.
나의 큰 어머님이 병사로 돌아가시고, 두 번째 만난

후처의 자식이었다. 그래서 살아온 길이 더욱더
힘이 들었다.
고향 동네에서 살 만큼 사는 대농의 아들이었다.
그러나 나에겐 사회에 대한 눈이 없었다. 아무도 모르는
눈물을 하염없이 흘렸다. 인생은 이렇게 사는 것이라고.
재취(다시 얻은 부인)의 아들이라고!
1988년 추석 뒷날 90세의 아버지가 운명하시던
그 날이었다.
3형제 앞에 앉게 하시고 "현경아 너 입만 덮어라."
그래야 우리 집안이 살 수 있다고 유언을 하셨다.

이런 일도

어느 봄날이었다.

30년 넘게 나가 운동삼아 축구를 해왔다.

오전 10시 학교 정문을 나서는데 자동차 한 대가 정문을 가로막고 정확한 자리에 나가지 못하게 서 있었다.

신기했다. 30년 동안 한 번도 이런 일이 없었다.

차 주인은 학교 선생님 차였다. 때마침 학교 뒤편에서 친구들과 테니스를 치고 있었다. 선생님은 모르고 있었다. 경사진 학교 정문 위에 약 10m 거리에 세워뒀다고 하셨다. 어떻게 이런 일이 있을까 하셨다.

오늘은 특별한 날이어서 나는 마음이 안절부절못하였다. 사윗감을 처음 만나보는 날이다.

벌써 청년은 우리 집에 와 있었다.

그 청년은 성균관대학교 출신이고, 내 딸아이의 2년 선배였다.

청년과 내 딸은 4년 동안 올(All) 장학생 출신이다.

청년은 점잖고 똑똑했다. 쓸만한 총각으로 보였다.

그러나 총각의 집안 사정은 전혀 모르고 있었다.

그래서 오늘 일어난 일을 가까운 암자에 찾아가서

비구승께 물어봤다. 스님은 아무 말을 해 주지
않았다. 기분이 걱정되었다.
나는 청년의 집안 사정을 몇 마디 물어봤다.
할아버지와 할머니는 고향 집 뒷산에 모셨다고 했다.
집안이 다복한가를 알아보기 위해서 또다시 시제는
모셔봤는가 하고 물었다.
총각은 당황했다. 한 번도 시제는 모셔보질 않았다고
하였다. 청년은 당황한 순간 틱을 보였다. 고개를
위로 휙 추어올렸다. 머리도 가지런하게 손질했다.
틱*은 유전이다. 먼 훗날 손자 손녀가 태어나면
언제 또 있을지 모르는 일이었다.
나는 생각하였다. 두 사람 약혼을 들어주지 않았다.
곧 미국으로 건너가 유학 3년을 다녀온다고 하였다.
약혼만 하면 둘이 가서 공부하고 온다 했다. 총각은
금융감독원에서 장학금으로 유학을 간다고 했다.
난감했다. 청년의 집안 실정과 전통을 알 수가 없었다.
참으로 신기한 일이었다.

* 틱 : 근육의 불수의 운동을 일으키는 신경병

살아생전에 우리 부모

가랑잎 한 잎 두 잎 떨어질 때 우리 엄니 저 때 밭에서
내려오실 거에요.
해 저물어 산기슭에 어둠이 내릴 때 우리 아부지도
나무 한 짐 해지고 내려오실 거에요.
정제 살강 위에 차디찬 보리밥이 소쿠리에 있으니
아부지 오시면 따순물 데워서 차려드려야지요.
컴컴한 밤길에 아부지 엄니도 일터에서 곧
오실 거에요.
손등은 갈라지고 발바닥은 짓무르고 등허리도
벗겨지고 우리 아부지 우리 엄니 고생하시니
더는 눈을 뜨고 볼 수가 없습니다.
농촌의 삶이 이렇게도 힘들고 살기가 팍팍합니다.
날이면 날마다 땅을 파고, 날이면 날마다 풀을 메고,
논과 밭에서 농사짓는 농촌 생활이 끝이 안 보입니다.
딸자식의 한 맺힌 넋두리였다.
아들 녀석 하나 대학 보내기는 농사 다 지어봐야
학비 대기도 부족하고, 온 식구들이 밤낮으로 일을
해야 겨우 학자금을 마련할까 모르겠습니다.

이렇게 대학 하나 보내기에 온 식구들이 매달려야
하니 땀방울 없이는 생각도 못 합니다.
이것이 농촌 사람들의 현실이 아니던가요?
허덕이다 가고, 골병들어 가고, 먹지 못해 가고,
인생이 태어나서 가슴에 한을 담고 이름도 없이
그렇게들 사라집니다.

날마다 만나는 사람들

새벽을 뚫고 운동장에서 만난 그 얼굴들이 반갑다.
찬 공기 호흡하며 축구공 따라가니 10년을
더 살겠다고 헐떡거린다
80대는 도자처럼 벌벌 기어가고
70대는 경운기처럼 뒤뚱거리며 달려가고
60대는 힘 있다고 성큼성큼 뛰어가고
50대는 젊었다고 기교도 부리고
40대는 이리저리 젖히면서 놀려 댄다.
그대들이여 펄펄 뛰지들 말게나 이 늙은이도 한때는
펄펄 날았었지. 물불 안 가리고 잘도 뛰었었지.
겹겹이 쌓인 빈 밥그릇이 오늘 내 발목을 잡는다.
마음은 하늘을 날고 추억도 즐거움도 운동장에 있다.
다 떨어진 축구화로 온종일 쫓아가고 찌그러진
종이컵도 내 친구와 나누던 소주잔이 아니던가.
돌아보니 젊은 그 시절이 참말로 재미있고
즐거웠다. 지나보니 다 꿈결의 모임인 것을…

깔딱고개

나락(벼) 한 섬을 지고 돈 사러(팔러 감) 떠난다. 사립문
앞을 나서는데 무겁기만 하다. 뚜벅뚜벅 꼬불꼬불
논둑길 걷다가 논둑에 지게 받치고 쉬었다 간다.
한숨 한번 크게 쉬고 또 짐을 지고 일어섰다.
땀방울은 이마를 거쳐서 눈 위를 덮는다. 논둑길,
밭둑 길은 울퉁불퉁 험하다. 구불구불 꼬불꼬불
산모퉁이 걸을 때 돌멩이 자갈길이 더 험해진다.
언덕을 만나니 나는 죽었구나. 한 숨 두 숨 세 숨으로
더 숨이 가빠온다. 이 재를 넘어야 먼발치에 시장이
보인다. 깔딱고개가 시장가는 길에서 제일 힘든
고개였다. 고개에 올라서서 조심조심 지게를 받쳐
세웠다. 지게 코에 작대기(막대)를 끼워서 받쳐 세웠다.
한 숨 돌리고 푹 쉬었다가 또 재를 내려갔다.
아침에 보리밥 한술 먹은 기운이 다 빠져 버렸다.
지난날 벼 한 섬 지고 돈을 만들기 위해 십리 길을
걸었던 그때 그 순간이 오늘 나의 인생길과 같았다.
서서히 저물어가는 아름다운 길목에서…

53년의 세월

지나온 완도 명사십리 3박 4일 4H 교육받고,
캠핑하고, 부모 형제 곁을 떠나 서울로 올라온 지 53년,
잘살아보겠다고, 출세도 해 보겠다고 새벽차 타고
천 리 길 올라왔다.
마음은 고향 집에 늙으신 부모님 얼굴뿐이고
주무시는 틈을 타서 몰래 서울로 올라왔다.
목포발 완행열차 영산포역에서 타고 보니 덜커덩
꾸리꾸리한 냄새가 열차 속이었다.
서대전역에 오니 한참을 서 있다가 떠나는데 우동도
사 먹는 역이었다. 초조한 내 가슴엔 오직 부모 형제
뿐이었다.
우물쭈물 기어가는 완행열차는 새벽 4시에 서울로
올라왔다. 도착하니 차 잡이들이 모여들었다.
촌놈인 줄 알아보고 택시 잡아 태워 주더니
소개비 조로 500환을 내라고 한다. 바가지를 씌운
서울 놈들이다. 달리던 택시 기사가 신설동 가다가
중간에 서버렸다.
평화시장 앞에 세워두고 차 잡이 500환과

택시비 300환을 내라고 한다. 연료가 떨어져서
못 간다더니 돈을 받고는 즉시 도망갔다.
이놈도 저놈도 사기꾼들이 판을 쳤다.
물어물어 찾아간 곳이 동대문 파출소였다.
통금시간이 해제되니 전차가 덜컹거리며 지나갔다.
신설동 친구네 집을 찾아가니 아침밥 짓는다고
연탄 화로 끌어내 놓고 있었다. 요 꼴이 서울인가
기겁을 해 버렸다. 고향 생각은 더 떠오르고 마음이
불안해졌다. 1,800원도 다 떨어지고 이제는 돌아갈
수도 없었다. 더 이상 이판사판 앞뒤 안 보면서
오늘날까지 살아왔다.
벌써 74살이 되었다. 그동안 서울살이가 참말로
허망하기만 하구나! 허망해!
이렇게 나는 지금까지 성실하게 살아왔다.

기억 속에 남은 우리 말들

와따 더럽게도 북적이네.
명품점이라 그런가?
또 오고 또 오고 참 말로 더럽게도 많이 오네.
맛난 것도 골라 먹고 푸짐하게 사가불소.

언제 또 오것는가?
이참에 못 사 가면 후참에는 또 올지 안가?
후참장에나 생각해보세.
어서어서 사갖고 싸게싸게 집에 가세.

고개 넘어 굼태기 돌아 집에 가믄 해 저물것네.
저참에 거 누가 쌀 돈 얻어 쓴다고 했지 않는가?
채계돈(이자로 빌려쓴 돈) 얻어다가 쓰믄 안 되것는가?
얼른 쓰고 갚으면 되제.
아제아제 어디 가시오?

우리 집에 와서 막걸리 한 잔 잡스고 가시오.
안주도 마침 있단 말이오.

정담을 주고 나누시던 아짐씨(아주머니)도 돌아가시고
순길이 형님도 가시었네요.

가끔씩 우리 집에 오시면 소마구간도 봐주고 간디
어째서 그렇게도 얼른 가시었단가?(죽었다는 말)
참말로 애드럽네(안타깝네) 동네가 텅 비어 부렸네.
산다는게 허망하네 그려.

거시기네 거 참 곗돈 어짠단가?
다음날 아닌가 곗돈 타다가 딸년 여우고(시집보내고)
남으면 막뚱이 공책도 사줘야것네.
우리 집 맹샘이(염소) 다음 장에 갖다 팔아서
즈그 아부지(남편) 보약 한재 지어다 드리고
남은 것은 애들 재기장(공책) 몇 개 사다줘야 쓰것네.

애기 바지도 다 떨어졌는디 어짤꼬
돈 맨들라믄 보리 한 말 더 팔아야것네.
이렇게도 쪼들려서 참말로 못 살것네.

이참에 막 쓰고 살아야것네.

저놈의 비는 속두 무르고 막 퍼붓네.
파도는 거칠어서 갯것(바다에 해물잡이)도 못하고
내일쯤에나 비가 개믄 뻘 바닥(바다)에 나가서
소랑도 좀 잡고 낙지도 잡고 해야것네.
아주머니 한숨짓는 모습이 역력하게 떠오른다.

보름달 지면 물 때가 좋아 갯것도 하기 좋고
바지락도 살이 차서 맛이 그만이제.
농부도 어부도 살아가는 모습은 별반 다르지 않네.
사는 것이 모두가 다 이런 것이 아니요.

흘러간 세월에 묻혀버린 옛사람들
그 모습들을 볼 수가 없네.
추리고 추려가며 고르고 또 고르던 그 손길도
볼 수가 없네.

서로 나누던 이야기들도 멀어져 들을 수가 없네.
차디찬 밤바람이 문 틈새로 들락거리니
방바닥이 냉골이라 즈그 아부지 저녁 잡숫고
놀다 돌아오시면 차서 못 주무실 텐데.
시골 아낙네 한숨 소리는 초라한 초가삼간에
추억의 밤이 깊어만 간다.
아그들도(어린이) 보고 듣고 농촌의 흙냄새에
묻혀 사니 소년의 꿈도 땅에 정들어 간다.

숨 쉬는 독 항아리

흙으로 빚어낸 독 항아리 너는 생명도 참 길다.
조심조심 사용하면 천년이 간다.
함부로 내 던지면 너야말로 단명하지
우리 집 곳간에 쌀독 항아리 곡식 담아 두었더니
상하지도 않는구나.
할머니가 쓰시던 해묵은 항아리
며느리가 이어받아 자손 대대로 내려온 항아리
할머니 손때 묻은 못생긴 항아리
자자손손 물려받아 집안 역사도 전해준다.
할머니 손때는 50여 년 묻혀놓고
며느리 손때는 70여 년 묻혀놓더니
손자며느리가 들어와서 밖으로 끌어내 버렸다.
한세월 천대받다가 증손자 며느리가 알아보고
배운 데가 있었는지 다시 들여놓았다.
70여 년, 80여 년 비바람 얻어맞고 참고 견디시던
우리 할머님들의 정신이 담겨있다.
문밖 구석에서 먼지 먹고 견디어온 항아리
닦고 또 닦아서 곳간으로 들여왔다.

조상님들 손때 묻은 옹기 항아리 100년도 훌쩍 넘어
증손자 며느리 손에 들어왔다.
선조 할머님들의 기운 받아 집안이 잘 풀리더니
증손자도 고손자도 승승장구하니 다행이다.

뜨거운 눈물

언제나 그 임들 얼굴 잊을 수가 없었다.
석 달 동안 5개 병원을 돌고 돌아 앉아있을 때
그 임들이 찾아와서 나에게 기력을 내려주셨다.
목구멍도 콧구멍도 또 뚫은 목구멍도
마지막 뚫는 곳은 배 속 위통이었다.
의사 선생님 하신 말씀이 "배 구멍이 마지막이요"
라고 하셨다.
"여기까지도 안 되면 방법이 없습니다" 하셨다.
영양식 공급할 줄이라며 배꼽 옆을 뚫어 위 속으로
꽂아놓고 이것이 사는 것이야? 내 운명이야?
죽고 사는 것은 운명이라 의연하게 생각했다.
눈도 깜짝 안 했더니 의사 선생님이 바라보고 계셨다.
잠깐 갔다가 모르는 영들과 말도 한번 안 해보고
따라가다가 돌아와 보니 숨을 다시 쉬었다.
그 날의 모르는 영들과 나는 무언이었다.
잠시 영들은 내 주위를 돌다가 슬그머니 사라져버렸다.
언제 또 그런 날이 올지 몰라도 나는 오늘도 바쁘게
살아간다.

지난날 병상에 누워서 극락 천국을 오갈 때 돌아온
나를 보고 임들이 찾아오셨다.
손을 잡고 기도해주시고 곁에 앉아서 위로해주셨다.
가끔 떠오르는 임들이 눈에 보일 때마다 감사하고
고마워서 홀로 눈물 흘렸다.
사는 것이 이런 거야, 사랑이란 것이야.
배신을 당할 때도 참고 또 참고 화가 날 때도 참고 또
기다리며 그 임들을 생각하며 여기까지 살아왔다.
인생이란 굽이굽이 체험으로 사는 거야.
누구는 평탄한 길로, 누구는 굽은 길로, 나는
자갈길로 어찌하여 나에게 고생길을 주셨을까?
부처님도 하느님도 그 길을 가라 하셨다.
살다 보니 그 길이 생명의 길이었다.
모든 것 다 내려놓고 마음도 다 비워놓고 시간시간
가는 시간 즐겁게 살아간다. 나누면서 살아간다.
나를 아시는 모든 분들께 뜨거운 감사를 드린다.

우리 집 순돌이

날마다 아침저녁으로 인사하는 순돌이,
오랜 세월 길들여서 말도 잘 듣는 우리 순돌이,
조석으로 날 반기며 악수도 잘해주던 진돗개였다.
훈련을 가르치면 말도 잘 알아듣고 행동으로 잘 하는
우리 순돌이, 오늘 아침에 내 차로 함께 출근하였다.
개장사 불러와서 줘버렸다.
순돌이 겨울옷도, 순돌이 방석도, 순돌이 등록증도,
센서까지 다 줘버렸다.
오랜 세월 기른 정이라 보내고 나니 허전했다.
퇴근길에는 대문 앞에서 비가 오나 눈이 오나
반겨주던 우리 순돌이였는데…
날마다 사료 주고 약도 먹이며 키운 우리 딸은
얼마나 그리울까?
목욕도 딸이 시키고, 추울까 봐 옷도 사다 입히고,
간식도 주고, 장난감도 사다 주며 하루도 안 보면
못사는 우리 딸은 얼마나 외롭고 그리울까?
아빠 마음도 이렇게 울적한데 딸내미는 더 하겠지?
두 마리라 부득이 백구 한 마리를 줘버렸다.

말 잘 듣는 순돌이를 보내고 나니 마음이 무척이나
서운하구나.
건강하게 잘 살아다오.
우리 순돌이!
못 잊어 다시 찾아왔다!
생명 다할 때까지 기르려고!

다녀오세요

아침 일찍 대문을 나서니 시원한 바람이 얼굴을
스친다. 한참을 걸어 한국건강관리협회로
부지런히 가고 있다.
공항로 가는 길섶이라 바닥 돌이 화강석 판으로
깔아 됐다. 아무도 없는데 나 혼자 걸어간다.
한참을 걸어가니 걸음걸이가 바르지 못하다.
73세가 74세로 달려가니 그럴 법도 하겠지.
아무리 반듯이 걸어봐도 중심이 흐트러진다.
이렇게 늙어가는 것인가?
도착한 건협은 오전 7시인데도 북적거린다.
모두가 건강을 위함인가?
오래 살고파 하는 짓인가?
그래도 병원이 아니라 표정들이 밝아 보인다.
채혈하고 초음파 쐬고 찍은 사진은 전과 같다.
간 속에 큰 결석이 십수 년 동안 나와 함께한다.
그놈은 크는데 나는 늙어간다.
그놈 아는지도 벌써 40여 년이나 되었다.
그래도 아무런 불편은 없다.

아시아인들은 채소를 많이 섭취해서 오는 결석이란다.
결석들이 매우 단단하다.
양놈들은 고기를 먹어 기름으로 뭉친 결석이라
약으로 녹는데, 우리는 약물도 없으니 그렇게
함께 사는 결석이란다.
결과는 5일 후 기다려 보자.
기다린 결과는 상당히 좋았다.

보리밥

꺼끌꺼끌한 보리밥 한 상 차려놓고 온 가족이
모여 앉았다.
보리밥은 거무죽죽하고 부슬부슬하였다.
한 숟갈 입에 넣고 노란 된장에다 상추쌈도 하였다.
고픈 배를 불뚝하게 채웠다.
묵은 된장은 열 번을 먹어도 맛이 최고였다.
지게를 지고 밭에 나가면 방귀가 뿡뿡하고 장단을
맞춘다.
보리밥은 한 시대 우리들의 삶이었다.
한참을 일하다 보면 벌써 배가 고파 축 늘어진다.
기름기 하나 없는 밥반찬 때문이었다.
고깃국은 명절 때나 맛을 봤다.
그래도 굶지 않고 사는 것이 더 자랑스러웠다.
이렇게 농촌의 삶은 참으로 고달팠다.

뜨거운 눈물 흘려가며
참회하는 이 심정만은

장 희 구

문학박사·시조시인·수필가·문학평론가·소설가
한국시조협회 부이장·현대문학사조 주간·문학신문 주필

　지현경 작가는 2019년 5월 27일에 첫 산문집 『길 위
에 남겨진 이름』과 둘째 산문집 『날마다 즐거운 날』을
발간하여 출판기념회를 가진 바 있다. 많은 '가객(佳客)'들
이 기념식장을 찾아와 축하의 면면을 남겨주면서 '가객
(歌客)'다운 흔적들을 남겼다. 때로는 휘호를 남겼고, 때로
는 수상집 제3집 『먼 길』 발간을 기대하는 격려사도 남
겨주었다. 이와 같은 요청이 현실로 다가와 제3 산문집
을 상재하게 되었으니, 약속을 반드시 지키는 철두철미
한 문인을 자랑으로 삼게 되었다. 다만 그 당시 안타깝
게 여겼던 것은 위 두 권의 산문집 말미에 〈해설(解說=평
설)〉을 넣지 못해서 못내 아쉬웠는데, 이를 두텁게 하려
는 뜻이 현실로 이루어지게 되어 뿌듯하기만 하다.

　작가는 산문 제3집 서문에서 "나무도 가을이 오면 찬

바람이 불어오기 전에 잎을 떨구고, 채비를 하듯이 인생도 그렇다"는 철학적 회고담을 담아놓아 저서의 격을 한껏 높였다. 뿐만 아니라 작가는 "내가 가르쳐주고 손도 내밀어 잡아주고 이끌어 주었을 때 발전해가는 것"이라고 설파했다. 맞는 말이다. 사람이 세상에 태어나서 책을 만들어 남기는 것만큼 중요한 것은 없겠으니.

지현경 작가의 산문 작품은 산문의 전형으로 일컫는 수필문이 아니고 그대로 서사시(敍事詩)라는 시 일을 일세 된다. 작가의 고매한 작품성이 잘 노출되는 서사시는 일반적인 서정성이란 짧은 시가 아닌 장시(長詩)라고 보면 좋겠다. 이규보의 '동명왕편'에서 보이듯이 천지 창조와 영웅 그리고 신화를 담는 수가 많았으나, 작가는 지역의 발전이나 개인의 노력 등을 다루었다. 평자는 공광규 시인의 『서사시 금강산』과 비교해 보는 입장에서 이 작품 해설을 다루어 본다.

작가가 여기에 상재한 64편의 작품 중에서 〈해설〉로 이끌어 낸 6편의 주제는 다음과 같다.

1. 「시간 따라 간다」 세월아! 너도 같이 쉬렴
2. 대단했던 용기가 「함박꽃 사랑 이야기」로
3. 비로봉에 비견되게 「길 기디 만난 친구」들
4. 남 장관님 모시면서 「철없이 살아온 날」들
5. 「뜨거운 눈물」 흘려가며 참회하는 심정은
6. 결어 : 우리 건강 지켜주던 「보리밥」 한 술

1. 「시간 따라 간다」 세월아! 너도 같이 쉬렴

세월이 무상함을 노래하는 작품들이 많다. 사람은 나이 들어가면서 젊음이 무심하게 흘러감을 한탄하면서 부르는 작품도 흔하다. 때로는 운문인 짧은 서정시로, 때로는 산문인 수필로 써서 자기의 사상과 감정을 잘 표현한 작품이라 일구었다. 지현경 작가도 가는 세월과 함께 늙어가는 자신을 한탄하는 노래가 줄기찼음을 탄식했다. "째깍째깍 째깍째깍 가고 있구나! 시간이 가는구나! / 세월도 가고 물도 흐르고 오늘 이 시간도 가는구나! / 젊음이 넘칠 때는 시간 가는 줄 몰랐는데, / 늙은이 가는 길에는 시곗바늘도 빠르게 재촉하는구나! / 가는구나! 가는구나! 시간이 또 가는구나!" 평자는 이 산문 작품을 읽으면서 한 때 정형시인 시조에 취하다가, 그만 자유시에 몰입하면서 서사시에 관심을 가진 적이 있다. 그래서 지현경 작가의 산문 작품을 서사시라는 한 장르로 정중하게 굽혀내는 안을 생각했다. 웅장하고도 영웅적인 서사시의 성격이나 내용은 아닐지라도, 작품의 흐름이 시적인 산문이라는 굵은 모습을 갖추고 있기 때문이다.

요즈음 세계적으로 작품을 일구어 가는 대체적인 풍조가 우리 문학을 강타하고 있다. '혼합'이나 '섞이다'는 뜻을 가진 "퓨전(Fusion)"이 그것이다. 종래에 지켜오던 순수주의 문학적 태도를 배격하고 이들을 혼합하여 생산하고자 하는 새로운 경향이다. 과거에는 역할과 장르를 구분한 가운데 기능화·전문화를 추구하여 왔으나, 이제는 사고와 생산 활동에 있어서 잡종 또는 변형된 형태가 보다 합리적이라는 주장이 대두된다. 그래서 서정시와 자유시의 혼합이 정당화하면서 자리를 잡는가 하면 서사시와 산문시가 동일시되는 경향이다. 이런 경향은 짧게만 쓰는 서정시보다는 길게 쓰는 서사시가 있었으니 이규보의 「동명왕편」을 예로 들 수 있다. 근대에 들어서는 1924년 김동환의 「국경의 밤」이랄지, 1967년 발표된 신동엽의 서화·본장·우화의 3부로 나뉘는 서사시의 기본형식을 따른다. 이처럼 산문적인 성격을 띠고 있는 작가의 작품을 두고 서사시의 올가미를 하나씩 씌워가면서 산문과 운문을 오갔으니 중핵 문학으로까지 보고자 한다.

작가는 "오늘 새벽 2시가 2018년 12월 1일 02시다 / 째깍째깍 째깍째깍 돌아가는 시계야 너라도 / 기다려라, 늙은이 가는 길에 잠시라도 쉬어가자 // 째깍째깍 째깍째깍 쉬지 않는 시계야 / 오늘 가면 못 오나니 쉬엄쉬엄 가자꾸나"라는 작품의 산문적인 운문성으로 표현했다. 평자가 이 작품을 두고 이렇게 표현하는 이유는 시적인 착상으로 농익은 운문이 산문을 쓰면서 방향점만 산문으로 돌렸을 뿐, 내면적인 작품상(作品像)은 운문을 향했기 때문이다. 그래서 나는 [한 치도 어김없는 산문적인 성격]을 갖춘 운문적인 내용이라고 정의했다. 이어진 산문에서는 '우리네 늙은이들 갈 곳이 없어서 / 여기저기 헤매다가 요양원으로 잡혀간다'는 애절함을 노정해 보였다. 문학적인 표현이 구김살 없는 순수성과 진실성을 보여준다. 수많은 시간이 지나서 작가의 작품들을 등에 업은 후진들은 여기의 '잡혀온다'는 시어를 두고 어떻게 평가할까를 곰곰이 생각해 본다. 먼저는 웃음부터 나온다. 어쩌면 산문에 운문적인 어휘를 구사했을까 하는 생각부터 먼저 들기 때문이다. '시상이 곱고 실한 어휘구사의 달인'이라고 생각하게 된 것도 이 때문이다.

작가는 이어진 결구(結句)에서 내 곁을 떠나는 세월에게 다음과 같은 어처구니없는 부탁을 한다. '시계야, 세월아!'를 한숨 섞인 어조로 다시 부르더니만 '우리 함께 살아보자'는 염원 한 줌을 슬며시 담아낸다. "벌어둔 돈 한 푼 주마, 시간 좀 멈춰다오 / 사람들은 돈만 보면 못할 짓이 없단다"라면서 '시계야, 시간아!'를 다시 부르더니만, '잠깐 쉬어 가자꾸나'라는 염원을 음영한다. "너도 일만 하느라고 배가 후출할 터이니, 잠깐 쉬면서 작가가 준비해놓은 간식이나마 한술 얻어먹고 그냥 가면 극락 천국도 못 간다. 잠깐 쉬었다 가는 것이 순식간의 도리가 아니겠는가"라는 웃지 못할 시상을 담아 산문을 일구어 내놓은 만담 같은 작품성이 두텁다. 상상력의 우수성, 언어개념의 정확성, 작품구성의 순수성을 펼쳐 보인

수작이라 아니할 수 없을 것 같다.

2. 대단했던 용기가 「함박꽃 사랑 이야기」로

산문 작가는 그 옛날 소꿉친구와의 정다웠던 일을 생각하며 작품 줄거리를 이어가는 솜씨가 기승전결이란 쌍곡선미를 살려 나가고 있다. 이렇을 직에 가실극장에서 친구와 같이 여자 친구를 만나 꽃을 전했던 일이 한 토막의 커다란 추억으로 번지게 되었다. 아니 그것은 신의 은총에 의해 운명적으로 다가왔음을 실감한다. 작가는 천지 안에 하나밖에 없는 연분을 만나기 위해 김해동 친구가 동분서주하던 어느 날이었다. 관산동 초등학교에 이동 가설극장이 들어오던 날이었다. 그 친구와 함께 작가의 시골집 우물가에 예쁘게 피어있는 함박꽃 한 송이를 꺾어줬다는 실감 실정을 공감한다. 이와 같은 계획이나 착상은 시골뜨기치고는 기막힌 착상이 아닐 수 없었음을 금방 알 수 있게 된다. 대단한 용기에 커다란 격려가 있을 수 없겠지.

작가는 이 같은 일은 도시 총각들에게는 흔히 있을 수 있는 일이겠지만, 시골 청소년들에게는 상당한 뱃심이 아니면 엄두도 내지 못한 대사건(?)이었으리. 그렇지만 작가는 더 과감한 용기를 내어 예쁜 꽃 한 송이를 들고

200m 거리에 있는 학교 가설극장으로 가서 때마침 용산면 상발리에서 야간에 십리 길을 걸어 영화 구경을 나온 손 모(孫 某 혹은 '손○자'라 했음) 아가씨를 만났다고 했다. 대단한 용기를 얻어 먼저 점찍어 놓고 기다리다가 때마침 영화 구경을 나온 손 모 아가씨를 만났음이 산문적 작품 속에 숨겨 나온다. 가슴이 두근반 세근반 두근거리며 손은 떨렸지만 결국 함박꽃 한 송이를 그녀에게 주었고, 그녀도 긴장된 손으로 반갑게 받았으니 그저 친구로만 남을 인연이 오늘에 이른다고 했다. 손 모라고 표기하는 것보다는 작품 속에서만 사용할 수 있는 '순심'이랄지 '선옥'이랄지, 예명을 사용하는 것이 더 좋았을 것이다. 소설 속의 인물은 대체적으로 이렇게 표기하는 것이 좋다는 것이 평론가들의 화두의 한 연 거리다.

사람의 인연법은 참으로 묘하다는 생각이 든다. 이렇게 인연이 이끌어왔던 상당한 연결은 인편을 통해 이어졌음을 직감하게 되며, 결국은 손 모 여인의 막내아들 혼인식에 참석하게 된다. 혼주인 손 모 여인은 전남 장흥에서 수원으로, 지현경 작가는 서울 강서에서 수원으로 내려가서 화려한 추억의 혼인식을 올릴 수 있었음이 대체적인 작품의 배경이다. 화자의 입을 빌어 작가는 딸들만 줄줄이 낳고선 끝으로 막내아들을 두었는데, 막내 김 모 군이 경기도 수원 월드컵 경기장 안에서 마침내 결혼식을 올렸다고 했다. 만감이 교차하듯이 마치 꿈같은 일이라고 했다. 그래서 작가는 "우리들 어린 시절의 추억이 오늘 다시 꽃이 피어나는 인생극장"이라며 감회를 피력하기도 했다. 작가는 이날을 영원히 잊을 수 없다는 감회를 들추어 펼쳐 보였다.

[김○태 군이 결혼하는 날은 VVI 컨벤션 W홀에서 2018년 12월 16일 오후 2시]라 명기했다. 작가는 그날의 감회를 이렇게 피력하고 있다. '천 리 길 머나 먼 고향 과사읍 동촌에서도 버스로 20여 분이 되고 올라오셔서 결혼식을 빛내주시고, 서울에 사는 동촌 사람 몇 분이 더 참석해 주셔서 결혼식은 더욱 그 자리가 빛이 났다'면서 '객지에서 우리가 만나니 이렇게 새삼 더 반가울 수가 없다'는 가슴 벅차는 감회를 설파했다. "고향의 정겨움이란 바로 이런 것이로구나"라는 부풀어 오르는 감회를 느낄 수 있는 좋은 만남으로 이어지게 되었다고 회고했다. 상발리에서 가설극장을 찾아온 손 모 여인을 만나 함박꽃을 선물했던 작은 인연이 자식 결혼식까지 참석하고도 고향의 친구들을 만날 수 있다는 것만으로도 큰 행복을 느낄 수 있었다고 했다. 그런 우정을 곱게 느꼈다는 마음을 느낄 수 있었음을 가슴 저미는 심정으로 시로 옮겼다.

"역시 고향이라는 예향이 무엇보다도 반갑고 정이 / 넘치고 자랑스러웠다. // 한편 멀리 가버린 친구들을 만나 볼 수가 없어 그리웠다. / 어린 시절 우리들의 기억 속에 / 영원히 남는다"면서 애수(哀愁)에 젖는 작가의 애향심 깊은 곳을 웅크리는 그의 가슴 속에서 잘근잘근 캐 보았음을 알았다고 했다. 남국인 작곡 김상진 노래로 고향 그리는 노래는 이제 가곡이 되어버린 고향 한 수가 있다. 고향 잃은 실향민들의 애수를 젖게 한다. [타향도 정이 들면 정이 들면 고향이라고 / 그 누가 말했던가 말을 했던가 / 바보처럼 바보처럼 / 아니야 아니야 그것은 거짓말 / 향수를 달래려고 술이 취해 하던 말이야 / 아 ~아 타향은 싫어 고향이 좋아]라고 불러 향수를 달래는 많은 사람들의 애수가요가 되었다. 이 노래는 '가사의 반복적인 요소'에 매력을 흠뻑 담고 있다.

3. 비로봉에 비견되게 「길 가다 만난 친구」들

지현경 작가의 산문 작품은 다시금 굴곡을 접고 용감하게 서사시의 대열에 합류시켜 본다. 그것은 산문으로 썼지만, 어김없는 운문의 언저리를 그냥 맴돌고 있는 서사시였기 때문이다. 공광규 시인의 「일만 이천 기상이 모인 비로봉(원작 '비로봉, 일만 이천 기상이 모인')」을 이 자리에 놓아본다. "금사다리 은사다리를 기어올라 / 비로봉과 영랑봉을 잇는 등성이에 오르면 / 비바람과 눈비가 뛰어 놀기에 충분한 평지 // 바위에 눕고 엎드린 잣나무와 /

측백나무와 향나무와 소나무와 전나무들 / 자작나무가 드문드문 서있다 // 이런 비로고대에서 조금 더 오르면 / 불쑥 높아진 곳 / 내금강과 외금강 중심 비로봉 // 일만 이천 봉우리 기상이 모인 이곳에 올라서면 / 수많은 봉우리와 계곡 / 동해바다가 장쾌하게 보인다"란 서향(敍香-필자가 조어해 붙인 서문이란 뜻)을 읊었다. 영락없이 산문에 가려진 서사시다. 그것은 어김없는 서사시인 산문이다.

자가는 참 오랜만에 친구를 만났던 모양이다. 반가운 나머지 그의 손을 붙잡고 이야기하다가 가까운 찻집으로 함께 들어갔다는 친구의 만남은 크게 반가웠음을 표현하면서 작품의 모양이 형성된다. 거리낌 없는 대화는 탁자의 주위를 힘차게 맴돌고 다른 일에는 다른 겨를을 첨가할 수 없어 보인다. 만나서 차 한 잔 나누면서 물씬한 대화가 형성되는 것이 인간이기 때문이리라. 다음 세 가지 만남의 유형을 열거했었는데, 모두 다 그와 같은 특징은 있어 보인다.

① "몇 년 만인가 지난날 이야기가 매우 즐거웠다 / 이 것저것 흘렸던 말들이 참 재미있었다 / 길 가던 친구 붙들어 놓고 한참을 이야기했더니 / 약속 시간이 지나버려 전화가 왔다"는 평범한 일상의 대화다. 그렇지만 거기에는 금쪽같은 대화들이 있었다. ② "이 친구와 이야기가 끝도 없는데 어쩔 수 없이 / 헤어지고 다시금 길을 또 가다가 또 다른 친구도 / 오랜만일세, 똑같이 손 붙잡고 찻

집으로 들어갔다 / 반가워서 주고받고 나누는 이야기라 허물이 없어 / 재미가 있었다" 일상적으로 만나는 즐거움이다. 거기에도 그냥 스칠 수 없는 중요한 대화가 있었다. ③ "이렇게 좋은 이야기는 온종일 즐겁고 힘이 나는데 / 어떤 친구는 길에서는 반가워하다가 차분하게 / 터놓고 이야기할 때는 모든 말을 다 잊었다 / 그렇게 잘나가던 내 친구였는데 오늘 보니 / 후줄근해 말문을 닫아 버렸다 / 지난날 그 모습 마음이 아팠다"는 또 다른 만남에서 대화를 시도했지만, 이제는 더 이상 말문을 닫아 버렸으니 실망감만 품에 안고 말았다고 했다.

대화의 단절 속에 작가는 실망감만 품에 안고 일어서거나 뒤돌아서는 마음은 얼마나 초라했을까? 굳이 너절한 논객은 아닐지라도 대화를 위해 만나면서 정담을 나누곤 했는데… 공광규 시인의 '일만 이천 기상이 모인 비로봉'은 자주 보고 상상하면서 자연을 풀어 엮어가는 테크닉과 하등에 다를 바 없지 않는가? 그래서 평자는 지현경 시인의 산문과 공광규 시인의 서사시는 문학적인 일맥은 다 같은 것이라는 결론에 도달하게 된다. 지현경 작가가 문학적인 운문성만 조금 더 싹싹 비벼 갖추었다면, 훌륭한 서사시를 일굴 수 있었을 것이라 생각된다. 그래서 작가는 화자의 입을 빌어 다음과 같은 주문을 한다. 도대체 사람들이 "사는 것이 무엇이길래 인생 이야기를 나누는가? / (인간의 마음속에) 차곡차곡 쌓이는 것은 후회뿐이고 / (다른 일면으로) 이어 돌아서 갈 수 없는 젊었던 그 날들을 / 어제도 오늘도 되새기며 살아간다"는 푸념의 한 구절을 되새겨 놓고 말았으리라. 작가는 훌륭한 시상이 모두 좌우될 뿐이라 했으리라. 그 건 아니겠다. 작가는 길 가다 해후한 세 친구의 만남은 사람 사는 긴 서사시가 되는 대화의 정겨움이었다.

4. 남 장관님 모시면서 「철없이 살아온 날」들

시인 공광규는 수차례 금강산을 밟아본 후 대작 『서사시 금강산』을 저술했다. 이는 분단 70년을 이어가야 하는데, 휴전선은 우리 시대 추물(?)인데 마냥 향수에 젖어 "누구의 주제런가, 맑고 고운 산…"으로 시작되는 가곡의 「그리운 금강산」이 주는 웅장함이 접힌 채 맑은 물로 승화되어 흐른 느낌이다. 불자 시인 공광규의 인생관이란 소망이 갈피갈피 묻어온다. 서사시 요소요소에 묻혀 있어, 목탁 소리 따라 은은하게 들리는 독경 소리의 청아함과 금강산에서 자생하는 갖가지 나무의 향내가 천지를 진동해 준다. 불자 시인 만해 한용운을 필두로, 신경림으로 이어지는 금강경 작품의 송이송이는 공광규 작품으로 익어가 서사문학이 되었다는 생각이 든다. 흔히 우리들은 난세에 영웅 난다고 했었으니, 공 시인은 분단의 아픔 속에서 『비로봉』 작품의 존재는 지현경 작가의 『철없이 살아온 날』 작품과 비견한다 해도 부족함이 없겠다는 생각이 든다. 철근을 어깨에 메고 죽을 고생을 하는 작가 지현경의 모습이 궁금한가? 두려운가? 서사시의 입장에서나 산문의 입장에서 두 작품 비교는 흥미진진하게 촉촉한 우리 곁에 다가와 준다.

　작가 지현경은 이 작품의 서두부터 끈끈한 인연의 사연을 줄기줄기 맺는다. "별빛은 하늘을 밝히고, 적막은 달리는 자동차 소리에 사라졌다 / 통금이 풀릴 때까지 서울 장안은 고요했다. / 밤이면 외롭게 앉아서 고향 생각에 빠져들었다 / 한 해 두 해가 지나가고 있다 / 하는 일은 날마다 무거운 철근 다발을 들어 날랐다 / 허리는 휘고 손바닥은 덕지덕지 굳은살이었다. / 먹는 것은 정부미 보리 섞인 혼합미였다 / 쌀알은 출장 가고 납작 보리쌀만 나뒹굴어 입에 넣기도 어려웠다"고 설파했다. 지독스런 보릿고개를 넘기는 시인의 축난 손바닥이 안타까울 뿐이다. 어찌 그것을 굳이 초근목피에만 비할 수 있으랴. 죽음과 맞바꾸는 질곡의 순간순간을 넘길 수 있었을 것이다. 작가는 가만히 그날 그때의 일을 생각해 본다고 했다. "곱던 얼굴도 구겨져 갔다. 그래도 나는 성실하게 일을 했다 / 나는 사장님 눈에 들었다 / 한 단계 편안한 일을 시키셨다 / 인천에 가서 철근을 받아오는 일을 하였다 / 납품처에 가서 수금하는 일도 시키셨다 / 이렇게 몇 단계씩 장사하는 경험을 쌓아갔다"고 했다. 작가는 성실해야 한다는 진리를 가르쳐준다고 했다. 상대방의 눈에 들어와야만 된다는 성실성을 보여야만 된다는 가르침을 보여준다. 그는 어느 날 강서구 등촌동에 철근상회를 차려놓고 장사를 시작했는데, 자본이 없어 준비하는데 100만 원이 들어갔다고 했다. 시골 논 3필 1,800평과 황소 한 마리를 팔아온 금액이 고작 100만 원이었다. 이 금액으로 이것한 가게를 열어 이른바 사장님이 되었다고 한다. 사업은 내 손으로 하여 이윤을 남기는 것이 사장님이다. 더욱 성실성을 보였더니 진심으로 도와주시는 분들이 늘어갔다. 그때 도와주신 분들 이북 출신들이었음 실토한다. 작가는 가만히 생각한다. 이렇게 은혜를 받은 덕은 지난 세월을 다 돌아보았더니, 부모님이 적선하신 덕이라 생각하게 되었다.

화자는 점차 등촌동에서 자리를 잡고 결혼도 하는 과정에서 어느 날 갑자기 남재희 기자가 찾아왔었다는 회고담을 담아냈다. 공화당 공천을 받아 강서구 국회의원에 출마하겠다고 했다. 이런 인연이 길게 이어졌는데, 그는 국회의원 4선을 하고 끝내는 노동부장관을 역임했던 당대 커다란 인물이 되셨음을 알면서 많은 사람들과 접촉할 수 있었다고 했다. 화자는 다시 남재희 장관을 떠올리면서 다음과 같이 회고한다. "남장관은 시간만 나면 나를 데리고 다니셨다 / 많은 지인을 소개도 해주셨다 / 이게 깊은 인연이 되었다"고 회고한다. 이와 같은 인연의 하나하나는 깊은 결속으로 맺어져 그와 같은 인연의 끝은 없었다는 그날들의 회고를 담아냈다.

남재희 장관을 향한 지현경 작가의 축수는 다음과 같은 간곡한 기원으로 계속 이어졌다.

「장관님께서는 이제 미수(米壽)인 88세로 거동이 다소 불편하시지만, 정신만은 초롱초롱하십니다. 늘 마음만은 이렇게 장관님을 존경하옵고 우러르옵니다. 저 높은 밤하늘의 별님 같기도 한 장관님을 장형님같이 모시면서 마음으로 향하지 않는 날이 없사옵니다. 항상 건강하시고 응어리져 가슴에 남아있는 노령의 덕망일랑 모두 베푸시길 비옵니다. 부디 천수를 누리시옵소서!」라고 했다. 작가는 하늘공원 집필실을 찾는 평자의 귀에 대고 가만히 속삭이며 고마워했다.

5. 「뜨거운 눈물」 흘려가며 참회하는 심정은

작가 지현경의 작품 「뜨거운 눈물」을 읽지 않고 어찌 보릿고개 서사시를 다 읽었다 할 수 있으랴. 지현경 작가의 질곡의 순간순간을 악착같이 이겨낸 눈물의 소산물인 「뜨거운 눈물」을 읽지 않고 어찌 인생을 옹골지게 살았다 할 수 있으랴. 그는 짤막한 이 산문의 서사시 작품에서 '나는 이렇게도 하늘과 땅을 오르내렸다'고 할 수 있으리라 생각해 보기 때문이다. 그의 작품은 천당을 오르내리는 순간순간을 잘도 견디면서 오늘날 이 책을 회고록 이상으로 소중하게 여기는 작가의 작품을 보고 오뚝이 인생이라고 부르고 싶다. 병상에서 일어나 겨우 기력을 회복하고 하늘공원 집필실과 사무실을 오르내리며 시집 7권과 산문집 3권 그리고 회고록 『역경에서 보람으로』를 집필했다는 그 가계만을 두고 신들린 사람이라 칭하고 싶다. 성한 몸으로 집필할 수 있는 것이지, 아픈 몸으로 집필하기는 불가하다. 집필은 우선 두고라도, 집필해야겠다고 결심했던 그 자체를 높이 사고 싶은 심정이다. 누구나 '너는 무엇을 했느냐?' 하면, 울화통 터지는 심정이리라.

작가는 가족·지인 그리고 병상을 도와준 의료진 여러 분을 향해 '임'이라 부르게 된다. 고맙고 감사한 마음을 병상일지를 써가는 필자의 곁에 앉아 넌지시 묻고 싶다. 억척 인생이었다면서. "언제나 그 임들 얼굴 잊을 수가 없었다 / 석 달 동안 5개 병원을 돌고 돌아 앉아있을 때 / 그 임들이 찾아와서 나에게 기력을 내려주셨다 / 목구멍도 콧구멍도 또 뚫은 목구멍도 / 마지막 뚫는 곳은 배 속 위통이었다 / 의사 선생님 하신 말씀이 '배 구멍이 마지막이요'라고 하셨다." "여기까지도 안 되면 방법이 없습니다"라며 암담하게 말했던 기억이 생생하다고 했다.

여기까지 치료를 받았던 작가는 더 이상은 살 수 없는 마지막 갈림길에서 이제는 지탱할 수 없을 것이라는 체념에 절망적인 생각을 했다. 그렇지만 지금 온전하지는 못하지만, 이렇게 살아나서 삶의 흔적들을 차곡차곡 일구어 가고 있다. "영양식 공급할 줄이라며, 배꼽 옆을 뚫어 위 속으로 / 꽂아놓고 이것이 사는 것이야? 내 운명이야? / 죽고 사는 것은 운명이라 의연하게 생각했다"는 가슴 조이는 독설 뽑았음을 짐작할 수 있었다. 환자는 의료진 앞에서 솔직해야만 하고, 나긋나긋한 통증을 엄중하게 이야기해야만 한다. 그래야만 그에 걸맞은 처방이 나온다. 흔히들 의사가 환자에게 묻고 적절한 진단을 한다는 뜻에서 '문진(問診)'이라고 했다. 그럼에도 하늘이 무너진 순간 앞에서 어떤 말로 어떤 능청을 떨어야 한단 말인가. 이런 어처구니 앞에서 '눈도 깜짝 안 했더니 의사 선생님이 그만 우두커니 바라보고 계셨다'는 넋두리를 해댔다. 이런 엄중한 시점에서 지현경 환자는 그만 숙면의 시간이었음을 알게 해준다. "잠깐 갔다가 모르는 영들과 말도 한번 안 해보고 / 따라가다가 돌아와 보니 숨을 다시 쉬었다. / 그 날을 모르는 영들과 나는 무언(無言)이었다 / 잠시 영들은 내 주위를 돌다가 슬그머니 사라져버렸다" 그래서 환자는 언제 또 그런 날이 올지 몰라도 나는 오늘도 바쁘게 살아가고 있다고 했다. 지난날 병상에 가만히 누워서 극락과 천국을 오갈 때 돌아온 나

를 보고 임들이 또 찾아오셨다. 손을 잡고 간절하게 기
도해주시고 곁에 앉아서 위로해주기도 했다. 그리고 가
끔씩 떠오르는 임들이 눈에 보일 때마다 감사하고 고마
워서 홀로 하염없이 눈물을 흘렸다. 이와 같은 생(生)과
사(死)의 갈림길에서 할 수 있는 것은 자신의 마음을 다
스리는 일 밖에 더 이상은 아무것도 없다는 근엄한 생각
을 하는 길밖에 없음을 깨닫는다. 기도하는 마음으로 마
음을 추스른 길을 선택했음이 세상으로 보인다.

화자의 투병은 의료인의 손길보다는, 자신에게 던지
는 문진이야말로 병을 낫게 하는 진심이라는 깊은 생각
에 빠졌으리라. 그래서 그는 다음과 같은 깊은 시름을
한다. "사는 것이 이런 거야, 사랑이란 것이야 / 배신을
당할 때도 참고 또 참고 / 화가 날 때도 참고 / 또 기다
리며 그 임들을 생각하며 여기까지 살아왔다 / 인생이
란 굽이굽이 체험으로 사는 거야. / 누구는 평탄한 길로,
누구는 굽은 길로, 나는 자갈길로 / 어찌하여 나에게 고
생길을 주셨을까?"라는 체념(諦念)의 길을 선택해 보인다.
그 길이 하느님의 뜻이라면 더 이상을 비켜 갈 수 없다
는 숙명론이 집착하게 된다. "부처님도 하느님도 그 길
을 가라 하셨다 / 살다 보니 그 길이 생명의 길이였다"
면서 마음을 텅 비운다. 이렇게 생각한 화자는 이제 모
든 것 다 내려놓고 마음도 다 비워놓고 "시간, 시간 가는
시간 즐겁게 살아간다. 나누면서 살아간다. 나를 아시는

모든 분들께 뜨거운 감사드린다"는 설법(?)의 고운 무늬를 놓으며 여념을 보였기에 완쾌된 것은 아닐까. '업보의 작은 길'이라면 순순하게 받겠다는 초탈의 심정을 귀의했기에 그는 이렇게 살아나게 되었다.

6. 결어 : 우리 건강 지켜주던 「보리밥」 한 술

보리는 추위에 매우 약하다는 결점을 빼고는 아무 흙에서나 잘도 자란다. 재해에 강하고 잡초를 뽑아주지 않아도 되기에 벼에 비하여 재배하기가 수월하단다. 따라서 전통적으로 쌀을 주식으로 삼을 수 없었던 서민들은 삼국시대 이래 보리를 주식으로 삼았으며, 이러한 상황은 조선시대를 거쳐 일제강점기에도 변함없이 서민들 생활 속으로 스며들었던 친근한 곡식이다.

작가도 시골에서 나고 자란 덕에 찌든 가난을 등에 업고 보리밥을 식은 죽 먹듯이 했음을 짐작할 수 있겠다. 보리밥은 거무죽죽하고 보슬보슬하여 한 숟갈 입에 넣고 노란 된장에다 파란 상추쌈도 즐겨 했었음을 알게 한다. 보리밥의 색깔과 고소한 밥맛에 침이 저절로 넘어가는 스릴을 맛보게 되었음도 알겠다. 흔히 보릿고개라 하여 지겹도록 배고픈 시절을 넘기는 큰 어려움이 있었다. 그래도 고픈 배를 불쑥하게 채웠다. 화자는 묵은 된장은 열 번을 먹어도 맛이 최고였다고 지겨운 그때를 회상한다. 그렇지만 더 이상 굶지 않고 사는 것이 자랑스럽다고 회고도 했다. 배고팠던 시절을 잘 넘겼던 작가의 입을 빌은 화자는 한 시대를 살았던 삶이었다 또 회고한다.

지현경 작가는 운문과 산문을 가리지 않고 작품성을 일구어낸 노력형의 문인이다. 이와 같은 노력 덕분에 제3 산문 수필집 『먼 길』을 일구면서 전라도 장흥에서 올라와 질곡의 순간을 참아냈다. 산문집의 대표성이 수필은 붓 가는 데로 쓴다고 했으니, 지금처럼 꼭 이렇게만 작품을 쓰면서 산문 제4집이 출간될 수 있기를 바란다. 보리밥에 대한 다음 효능에 대하여 염려했다가 가까운 친지나 후진들께 너그럽게 알려주어 식생활을 개선하는 제일선에 서실 수 있기를 바란다.

지금까지 지현경 시인의 산문작품을 서사시 입장에 서서 비교하며 '해설'해 보았다.

시인의 고향은 전남 장흥이고 보면, 먼 훗날 우리 후진들의 손끝에서 이에 대한 감상과 연구가 이루어지기를 기대하며 문학적·학문적으로 접근해 보았다. 특히 고유한 전라도 방언을 의도적으로 해설해 보았다는 점에서는 대단한 수확이라 하겠다. 고향의 짙은 향수에 젖을 수 있기를 기대해 본다.

먼길

초판인쇄 · 2020년 5월 22일
초판발행 · 2020년 5월 29일

지은이 | 지현경
펴낸이 | 서영애
펴낸곳 | 대양미디어

출판등록 2004년 11월 제 2-4058호
04559 서울시 중구 퇴계로45길 22-6(일호빌딩) 602호
전화 | (02)2276-0078
팩스 | (02)2267-7888

ISBN 979-11-6072-063-1 03810
값 13,000원

＊ 지은이와 협의에 의해 인지는 생략합니다.
＊ 잘못된 책은 교환해 드립니다.

이 도서의 국립중앙도서관 출판예정도서목록(CIP)은 서지정보유통지원시스템 홈페이지
(http://seoji.nl.go.kr)와 국가자료공동목록시스템(http://www.nl.go.kr/kolisnet)에서
이용하실 수 있습니다.(CIP제어번호 : CIP2020019037)